CÂNDIDO, OU O OTIMISMO

O livro é a porta que se abre para a realização do homem.
JAIR LOT VIEIRA

VOLTAIRE

Cândido, ou O otimismo

Traduzido do alemão pelo senhor doutor Ralph

Com os acréscimos que foram encontrados no bolso do doutor por ocasião de sua morte, em Minden, no ano da graça de 1759

Tradução e notas
Julia da Rosa Simões

Prefácio
Otacílio Gomes da Silva Neto

Copyright desta edição © 2016 by Edipro Edições Profissionais Ltda.

Título original: *Candide, ou l'Optimisme*. Publicado originalmente em Genebra, Suíça, pelo próprio autor, em 1759. Traduzido a partir de suas *Oeuvres Complètes*, tomo 21. Paris: Garnier Frères, 1877.

Todos os direitos reservados. Nenhuma parte deste livro poderá ser reproduzida ou transmitida de qualquer forma ou por quaisquer meios, eletrônicos ou mecânicos, incluindo fotocópia, gravação ou qualquer sistema de armazenamento e recuperação de informações, sem permissão por escrito do editor.

Grafia conforme o novo Acordo Ortográfico da Língua Portuguesa.

1ª edição, 2016.

Editores: Jair Lot Vieira e Maíra Lot Vieira Micales
Produção editorial: Denise Gutierres Pessoa
Assistência editorial: Thiago Santos
Capa: Marcela Badolatto | Studio Mandragora
Preparação: Lucas Puntel Carrasco
Revisão: Lygia Roncel e Thaís Totino Richter
Editoração eletrônica: Estúdio Design do Livro

Dados Internacionais de Catalogação na Publicação (cip)
(Câmara Brasileira do Livro, sp, Brasil)

Voltaire, 1694-1778.

    Cândido, ou O otimismo / Voltaire; tradução de Julia da Rosa Simões ; prefácio de Otacílio Gomes da Silva Neto. – São Paulo: Edipro, 2016.

    Título original: *Candide, ou l'Optimisme*; 1ª ed. 1759.

    isbn 978-85-7283-985-3

    1. Romance francês 2. Sátira francesa 3. Voltaire, François Marie Arouet de, 1694-1778 I. Simões, Julia da Rosa ; Silva Neto, Otacílio Gomes da. II. Título. III. Título: O otimismo.

16-07946   cdd-843

Índice para catálogo sistemático:
1. Romances : Literatura francesa 843

São Paulo: Fone (11) 3107-4788 • Fax (11) 3107-0061
Bauru: Fone (14) 3234-4121 • Fax (14) 3234-4122
www.edipro.com.br

Prefácio
Voltaire e *Cândido, ou O otimismo*: literatura, filosofia e educação

Nas últimas décadas, a obra de Voltaire vem adquirindo notoriedade entre leitores e pesquisadores no Brasil. Apresentando um estilo atraente e formidável – devido à linguagem risível e irônica mesclada ao rigor do pensamento filosófico –, esse autor francês comunica-nos seu pensamento estabelecendo pontes entre a literatura e a filosofia. *Cândido, ou O otimismo*, publicado em 1759, figura como uma das mais conhecidas obras de Voltaire, atraindo um público de variadas áreas do conhecimento, graças às diversas temáticas que nela encontramos, aliadas ao inconfundível estilo sarcástico desse pensador do Iluminismo.

A iniciativa da Edipro de publicar *Cândido* oferece ao leitor apaixonado pelas letras e a filosofia a oportunidade de ler esta obra tão difundida desde o século XVIII. Há inúmeras temáticas instigantes para aquele que almeja se divertir ao ler os 30 capítulos de *Cândido*. Eu gostaria de apresentar algumas delas, subdividindo-as em quatro temas: os personagens, as viagens, o anticlericalismo e a intolerância, e finalizando com a proposta de uma pedagogia presente na obra.

Os principais personagens de *Cândido* têm características bem peculiares, como veremos a seguir, e estão ligados a pelo menos uma questão comum: todas as coisas vão bem, nesse que é o melhor dos mundos possíveis, ou tudo não é mais que um encadeamento de desgraças?

Cândido é o personagem principal da história. Não há clareza quanto a sua origem, já que se suspeita que ele seja fruto de uma aventura amorosa envolvendo um "honesto fidalgo" e a tia de Cunegundes, mas o fato é que mora no castelo de um barão westfaliano. Caracterizado como um jovem belo e forte, nos primeiros capítulos Cândido tem uma personalidade fortemente permeada pela ingenuidade e a pureza. A partir do momento em que é expulso do castelo pelo barão, por provar das primeiras delícias da paixão junto à filha deste, Cunegundes, a inocente visão de mundo de Cândido, ensinada por Pangloss, sofre profundos abalos, já que ele passa a viver as mais estonteantes e cruéis experiências da natureza humana. Esse "jovem metafísico" torna-se um peregrino e, nessa condição, vivencia amargas e inimagináveis aventuras, como: tornar-se pedinte, guerreiro, prisioneiro, condenado, torturado, assassino, rico e jardineiro. O contato com diferentes pessoas, proporcionado pelas viagens em que se vê envolvido, leva-o a questionar o otimismo propagado por seu mestre. A esperança de encontrar Cunegundes movia sua crença no sistema de Pangloss e o estimulava a acreditar que, apesar dos pesares, tudo ia da melhor forma possível nesse que seria "o melhor dos mundos". Encontrar Cunegundes também se tornou, aos olhos de Cândido, uma das últimas linhas de defesa contra o maniqueísmo de Martim. A outra linha de defesa é resultado do contato que ele teve com a maravilhosa terra do Eldorado, em algum lugar perdido da América do Sul.

Pangloss teve muita influência na educação de Cândido e Cunegundes, já que ele era o "oráculo" no castelo na Westfália. A construção desse personagem representa todo o desprezo de Voltaire para com a tradição escolástica, bem como para uma filosofia meramente especulativa dedicada a discutir inutilidades. A história de Pangloss é acompanhada de infortúnios, paradoxalmente aliados à sua crença de que "tudo está bem". Contudo, depois de passar pela experiência de ser um pustulento mendigo, enforcado pela Inquisição e escravo nas galés, Pangloss já não estava mais tão convicto sobre seu otimismo, mas insistia em propagá-lo por meio de uma inútil e medíocre verborreia argumentativa, segundo a qual todas as coisas se direcionam para o melhor fim.

Cunegundes, a filha do barão, é a principal razão pela qual Cândido ainda alimenta o otimismo de Pangloss. Entre encontros e desencontros com sua amada, o jovem westfaliano entrega-se às mais loucas e obstinadas aventuras, conhecendo, assim, a paixão, a melancolia, o crime, a fortuna e a desilusão. No decorrer do relato de suas misérias a Cândido, no capítulo VIII, ocorridas após a destruição do castelo no qual ambos moravam, Cunegundes é enfática ao renegar as lições que recebera de Pangloss. De fato, conhecendo sua história em toda a obra, o leitor entenderá as razões pelas quais as coisas estão longe de acontecer da melhor forma possível, conforme outrora lhe ensinara o "oráculo".

A velha é uma das personagens mais desafortunadas da obra e aparece sempre ligada a Cunegundes. Voltaire dedicou-lhe dois capítulos, xi e xii, para que a própria personagem pudesse narrar suas desgraças. É bem peculiar o fato de ela perder uma nádega nessas desventuras. Sua narrativa sucede às lamúrias de Cunegundes, talvez para convencer os interlocutores de que ninguém sofreu tantas misérias como ela. Filha de um papa com uma princesa, a velha (cujo nome não é mencionado) viu a sorte mudar de lado depois de ficar viúva e ser atacada por um corsário junto com sua mãe. Sempre fiel a Cunegundes, a velha é uma importante conselheira nos momentos em que sua amiga está em perigo, dada sua miserável experiência de vida.

O mestiço Cacambo é um pajem que Cândido encontrou em Cádiz e que é introduzido na trama no capítulo xiv. De marujo a monge e feitor, Cacambo tinha larga experiência em diversos ofícios. Isso dá a entender que é preciso ser esperto para sobreviver nesse mundo, e tal característica Cacambo tem de sobra. Ele é um desses personagens "sem eira nem beira" que se adaptam com facilidade às mais diversas situações, além de demonstrar grande satisfação em conhecer novidades. Cacambo costuma usar de perspicácia com certa dose de malandragem para livrar Cândido e a si mesmo de encrencas. Às vezes comparável à velha, esse mestiço nunca deixou de ser fiel ao nosso protagonista. É bem interessante o fato de que, entre os principais personagens, apenas Cândido e Cacambo tenham ingressado na terra do Eldorado.

O desgraçado Martim é um velho sábio maniqueu que aparece na história no capítulo xix, após a continuidade dos infortúnios de Cândido ao sair da terra do Eldorado, lugar quase inacessível, onde "tudo está bem". Suas teses se contrapõem às de Pangloss, e por isso Cândido é tentado a migrar do otimismo para um olhar pessimista sobre o mundo. No entanto, a discussão que ambos têm em relação, por exemplo, ao mal moral e ao mal físico, em meio a um cenário de novas tragédias, contribui para Cândido construir sua própria visão de mundo. A cética percepção de Martim, em contraste com o otimismo de Pangloss, também passa a perseguir Cândido até o final da obra.

O tema relacionado às viagens é constante no livro, envolvendo todos os personagens principais. Ter contato com lugares, costumes e pessoas faz que os personagens vivenciem aventuras em meio a calamidades e infortúnios que são compartilhados por intermédio de histórias contadas por eles. Do Oriente ao Ocidente e de norte a sul, o mundo é palco de uma grande tragicomédia, que inclui guerras, genocídios, estupros, pilhagens, desastres, brutalidades e rapinagem; à exceção do Eldorado, o único lugar perdido, onde reinam as ciências e as artes, aliadas à tolerância, à liberdade e à igualdade – em síntese, a autêntica civilização. Todos os principais personagens têm algo de cruel a contar a Cândido, razão por que, ao final, ele poderia narrar a própria história. Viajar torna-se a principal maneira de Cândido aprender sobre a realidade do mundo. No Eldorado ele reconhece que viajar é parte essencial da vida. Diante desse quadro, o debate sobre o verdadeiro propósito do mundo, entre a Westfália e a Turquia, resulta infrutífero. O desfecho da trama é surpreendente.

O anticlericalismo e a tolerância também são temas permanentes em *Cândido* e têm conexão com grande parte da obra de Voltaire. Nosso autor faz questão de mencionar duas das mais importantes ordens da Igreja católica, a dos franciscanos e a dos jesuítas, com o intuito de desmascará-las, qualificando seus padres de inquisidores, intolerantes, ladrões, fornicadores e exploradores de mulheres e nativos. Trata-se de uma galeria de personagens que nos oferecem um espetáculo à parte na obra. A crítica de Voltaire ao clero é resultado de um contexto no qual havia uma aliança visceral entre trono e altar. Essa aliança era responsável pela manipulação e o controle dos súditos que viviam sob a tutela das sociedades do Antigo Regime.

Mais uma vez, só no Eldorado, onde as coisas vão bem, não há espaço para o favorecimento de castas religiosas que se utilizavam da intolerância para atacar credos diferentes e intelectuais engajados, por estes serem ameaças à manutenção de seus privilégios. O quadro político e religioso encontrado no Eldorado deixa Cândido estupefato. Ele é parte do intenso combate de Voltaire contra o monopólio e o controle do clero sobre as consciências por meio da fé, imprensa, escolas e universidades. Esse *status quo* só veio a desmoronar com a Revolução Francesa, da qual Voltaire e Rousseau foram considerados guias e inspiradores.

Considerando todo o itinerário percorrido por Cândido, que, conforme mencionado, vai da Westfália à Turquia, podemos pensar numa pedagogia da obra. As crenças de Cândido vão sendo transformadas na medida em que ele vai tendo contato com os mais diversos lugares, pessoas, catástrofes, desgraças e a maravilhosa terra do Eldorado. Um dos principais ensinamentos que Cândido adquire é que, em meio a discussões estéreis, o mundo conhecido durante as viagens ainda é a escola mais confiável. A esterilidade do discurso dos que se julgam sábios e defendem que o mundo é ordenado e maravilhoso ou, ao contrário, guiado por um gênio perverso, não tem consistência em relação à busca por aquilo que é mais essencial para a vida.

A cada aventura e peripécia vivenciada nas viagens, Cândido vai se espantando com tudo aquilo que vê, ouve e de que participa. Sua curiosidade desmistifica as lições ingenuamente aprendidas com o "sábio" Pangloss. Os espantos aliados à curiosidade de Cândido na trama têm íntima conexão com o saber filosófico. Trata-se de uma atitude de desvelamento da realidade, pois, uma vez manipulado pelos ensinamentos de Pangloss, ou ainda provocado pelo pessimismo de Martim, Cândido vai adquirindo autonomia e chega a construir, no final, sua própria visão de mundo. Desse modo, os personagens principais têm algo a ensinar a Cândido ao longo da trama, cabendo-nos perguntar: será que, terminada sua jornada, personagens e leitores têm alguma coisa a aprender com ele?

Voltaire escolheu Cândido como protagonista para mostrar como deve ser o caminho do homem, passando de um estado de ignorância e ingenuidade – no qual a cegueira funcionaria como o emoliente desse falso conhecimento – para o de esclarecimento e autonomia. Afinal, entre o otimismo de Pangloss e o olhar pessimista de Martim, Cândido forma os próprios princípios e opta pelo próprio caminho. Por outro lado, *Cândido* ensina que, em qualquer tempo e lugar em que se deseje o controle das consciências por meio da fé e da imprensa, há sempre outro caminho, às vezes longo e tortuoso, mas capaz de criar independência e autonomia nos indivíduos, tornando-os aptos a construir as próprias convicções.

Otacílio Gomes da Silva Neto
professor de filosofia da uepb
New Providence, nj, junho de 2016

Cândido, ou O otimismo

I. Como Cândido foi criado em um belo castelo e como foi expulso de lá

Havia na Westfália, no castelo do senhor barão de Thunder-ten--tronckh, um jovem rapaz a quem a natureza havia dado os mais suaves costumes. Sua fisionomia anunciava sua alma. Ele tinha o juízo bastante reto, com a mente mais simples; era, acredito, por isso que o chamavam de Cândido. Os antigos criados da casa desconfiavam que ele fosse filho da irmã do senhor barão com um bom e honesto fidalgo da vizinhança, com quem esta senhorita nunca quis casar porque ele só pudera provar setenta e um quartos de nobreza[1] e porque o resto de sua árvore genealógica havia sido perdido pela injúria do tempo.

O senhor barão era um dos mais poderosos senhores da Westfália, pois seu castelo tinha uma porta e algumas janelas. Sua grande sala era até ornada com uma tapeçaria. Todos os cães de seus pátios compunham uma matilha, quando necessário; seus cavalariços eram os matilheiros; o vigário da aldeia era seu capelão-mor. Todos o chamavam de monsenhor e riam quando ele contava lorotas.

A senhora baronesa, que pesava cerca de 350 libras,[2] obtinha com isso uma enorme consideração e fazia as honras da casa com uma dignidade que a tornava ainda mais respeitável. Sua filha Cunegundes, de dezessete anos, era muito corada, fresca, carnuda, apetitosa. O filho do barão em tudo parecia digno do pai. O preceptor, Pangloss, era o oráculo da casa, e o pequeno Cândido ouvia suas lições com toda a boa-fé de sua idade e de seu caráter.

Pangloss ensinava a metafísico-teólogo-cosmolonigologia. Ele provava admiravelmente que não existe efeito sem causa e que, neste

---

1. Os quartos de nobreza, no sistema nobiliárquico, expressavam a antiguidade dos títulos hereditários em função da nobreza de cada um dos ascendentes. A conta era feita pelo acúmulo, a cada geração, do número de antepassados reconhecidamente nobres. Ter 71 quartos de nobreza queria dizer, portanto, ter 71 antepassados nobres. A aristocracia alemã era bastante ridicularizada, no século XVIII, por sua obsessão por títulos.
2. Cerca de 175 quilos.

melhor dos mundos possíveis, o castelo do monsenhor barão era o mais belo dos castelos, e a senhora, a melhor das baronesas possíveis.

"Está demonstrado", ele dizia, "que as coisas não podem ser de outro jeito: pois tudo existindo para um fim, tudo existe necessariamente para o melhor fim. Observem que os narizes foram feitos para usar óculos, por isso temos óculos. As pernas foram visivelmente instituídas para usar calças e nós temos calças. As pedras foram criadas para ser talhadas e construir castelos, assim monsenhor tem um belíssimo castelo: o maior barão da província deve ser o mais bem acomodado; e os porcos tendo sido feitos para ser comidos, nós comemos porco o ano todo. Consequentemente, aqueles que afirmaram que tudo está bem disseram uma tolice; deveriam dizer que tudo está da melhor maneira possível."

Cândido ouvia com atenção e acreditava ingenuamente; pois achava a senhorita Cunegundes muito bonita, embora nunca tivesse ousado dizer isso a ela. Ele concluía que, depois da felicidade de ter nascido barão de Thunder-ten-tronckh, o segundo grau de felicidade era ser a senhorita Cunegundes; o terceiro, vê-la todos os dias; o quarto, ouvir o mestre Pangloss, o maior filósofo da província e, por isso, de toda a terra.

Um dia, Cunegundes, passeando perto do castelo, no pequeno bosque que chamavam de parque, viu por entre os arbustos o doutor Pangloss dando uma lição de física experimental à camareira de sua mãe, uma moreninha muito bonita e dócil. Como a senhorita Cunegundes tinha muitas disposições para as ciências, observou, em silêncio, as reiteradas experiências de que foi testemunha; ela viu com clareza a razão suficiente do doutor, os efeitos e as causas, e voltou toda agitada, toda pensativa, toda cheia do desejo de ser sábia, imaginando que bem poderia ser a razão suficiente do jovem Cândido, que também podia ser a sua.

Ela encontrou Cândido ao voltar ao castelo e corou; Cândido também corou. Ela lhe disse bom dia numa voz entrecortada e Cândido falou com ela sem saber o que dizia. No dia seguinte, após o almoço, saindo da mesa, Cunegundes e Cândido se encontraram atrás de um biombo; Cunegundes deixou cair seu lenço, Cândido apanhou-o, ela pegou inocentemente a mão dele, o jovem beijou inocentemente a mão da senhorita com uma vivacidade, uma sensibilidade, uma graça toda particular; suas bocas se encontraram, seus olhos se inflamaram, seus joelhos tremeram, suas mãos se perderam. O senhor barão de Thunder-ten-tronckh passou perto do biombo e, vendo aquela causa e aquele efeito, expulsou Cândido do castelo a grandes pontapés no traseiro; Cunegundes desmaiou; ela foi esbofeteada pela senhora baronesa assim que voltou a si; e todos ficaram consternados no mais belo e mais agradável dos castelos possíveis.

II. O que se passou com Cândido entre os búlgaros

Cândido, expulso do paraíso terrestre, caminhou por muito tempo sem saber para onde, chorando, erguendo os olhos ao céu, voltando-os com frequência para o mais belo dos castelos que encerrava a mais bela das baronesinhas; dormiu sem jantar, no meio dos campos, entre dois sulcos; a neve caía em grandes flocos. Cândido, todo enregelado, arrastou-se no dia seguinte até a cidade vizinha, que se chama Valdberghoff-trarbk-dikdorff, sem nenhum dinheiro, morrendo de fome e fadiga. Ele parou tristemente à porta de uma taberna. Dois homens vestidos de azul repararam nele: "Camarada", disse um deles, "eis um jovem muito bem-feito e que tem a altura necessária". Eles avançaram até Cândido e mui educadamente o convidaram para almoçar. "Senhores", disse-lhes Cândido, com uma modéstia encantadora, "fico muito honrado, mas não tenho como pagar minha parte." "Ah! Senhor", disse-lhe um dos azuis, "as pessoas com sua aparência e seu mérito nunca pagam nada: o senhor não tem cinco pés e cinco polegadas?"[1] "Sim, senhores, é minha altura", ele disse, fazendo uma reverência. "Ah! Senhor, sente-se à mesa; não apenas pagaremos sua despesa como nunca permitiremos que um homem como o senhor fique sem dinheiro; os homens só foram feitos para socorrer uns aos outros." "Vocês têm razão", disse Cândido, "é o que o senhor Pangloss sempre me disse, posso ver que tudo está da melhor maneira possível." Rogaram-lhe que aceitasse alguns escudos, ele consentiu e quis fazer uma promissória; eles não quiseram nada, todos se puseram à mesa: "O senhor não ama com ternura?…". "Oh! Sim", ele respondeu, "amo ternamente a senhorita Cunegundes." "Não", disse um daqueles senhores, "perguntamos se não ama com ternura o rei dos búlgaros." "Nem um pouco", disse ele, "pois nunca o vi." "Como! É o mais encantador dos reis, deve-

---

1. Cerca de 1,65 metro.

mos beber a sua saúde." "Oh! De muito bom grado, senhores." E ele bebeu. "Está bom assim", disseram-lhe, "o senhor é o apoio, o sustentáculo, o defensor, o herói dos búlgaros; sua fortuna está feita e sua glória está garantida." Colocaram-lhe na mesma hora ferros nos pés e o levaram ao regimento. Fizeram-no virar à direita, à esquerda, levantar a vareta,² recolocar a vareta, mirar, atirar, apertar o passo, e deram-lhe trinta bastonadas; no dia seguinte, ele fez o exercício um pouco menos mal e só recebeu vinte golpes; no outro dia só lhe deram dez e ele foi visto pelos camaradas como um prodígio.

Cândido, estupefato, ainda não entendia direito como era um herói. Um belo dia de primavera resolveu ir passear, caminhando sempre em linha reta, acreditando ser um privilégio da espécie humana, como da espécie animal, fazer uso das próprias pernas a seu bel-prazer. Ele não percorrera duas léguas³ quando quatro outros heróis de seis pés⁴ o alcançaram, amarraram e levaram para um calabouço. Perguntaram-lhe juridicamente o que ele preferia, ser fustigado trinta e seis vezes por todo o regimento ou receber de uma só vez doze balas de chumbo na cabeça. Por mais que dissesse que as vontades eram livres e que não queria nem um nem outro, ele precisou escolher; decidiu, em virtude do dom de Deus que chamamos de *liberdade*, passar trinta e seis vezes pelas varetas; aguentou duas caminhadas. O regimento era composto por dois mil homens; o que lhe valeu quatro mil golpes que, da nuca ao traseiro, deixaram-lhe a descoberto os músculos e os nervos. Como iam proceder à terceira rodada, Cândido, não aguentando mais, pediu a graça de terem a bondade de quebrar-lhe a cabeça; ele obteve esse favor; vendaram seus olhos, colocaram-no de joelhos. O rei dos búlgaros passava naquele momento, informou-se sobre o crime do paciente; e, como o rei tinha um grande gênio, compreendeu, por tudo o que ficou sabendo de Cândido, que ele era um jovem metafísico, extremamente ignorante das coisas desse mundo, e concedeu-lhe sua mercê com uma clemência que será louvada em todos os jornais e em todos os séculos. Um bravo cirurgião curou Cândido em três semanas com

---

2. A vareta era a peça com a qual se socava a munição para dentro do cano do fuzil.
3. Cerca de 9,6 quilômetros.
4. Cerca de 1,82 metro.

emolientes ensinados por Dioscórides.⁵ Ele já estava com um pouco de pele e podia caminhar quando o rei dos búlgaros travou batalha com o rei dos ávaros.⁶

---

5. Médico, farmacólogo e botânico grego do século I a.C.
6. Povo de origem mongólica que invadiu a Europa várias vezes.

III. Como Cândido fugiu dos búlgaros e o que aconteceu com ele

Nada era tão belo, tão ágil, tão brilhante, tão bem organizado quanto os dois exércitos. Os trompetes, os pífaros, os oboés, os tambores, os canhões, formavam uma harmonia tal como nunca houve no inferno. Os canhões começaram derrubando cerca de seis mil homens de cada lado; depois, a mosquetaria retirou do melhor dos mundos entre nove mil e dez mil bandidos que infestavam sua superfície. A baioneta também foi a razão suficiente da morte de alguns milhares de homens. O todo podia muito bem se elevar a umas trinta mil almas. Cândido, que tremia como um filósofo, escondeu-se o melhor que pôde durante essa heroica carnificina.

Por fim, enquanto os dois reis mandavam cantar o *Te Deum* cada um em seu campo, ele resolveu meditar alhures sobre os efeitos e as causas. Passou por cima de pilhas de mortos e moribundos e alcançou primeiro uma aldeia vizinha; ela estava em cinzas: era uma aldeia ávara que os búlgaros haviam incendiado, segundo as leis do direito público. Aqui, velhos varados de golpes viam morrer degoladas suas mulheres, que seguravam os filhos nos seios ensanguentados; ali, meninas estripadas depois de terem satisfeito as necessidades naturais de alguns heróis soltavam seus últimos suspiros; outras, meio queimadas, gritavam que acabassem de matá-las. Miolos se espalhavam pelo chão ao lado de braços e pernas decepados.

Cândido fugiu o mais rápido possível para outra aldeia: ela pertencia aos búlgaros e os heróis ávaros haviam-na tratado da mesma forma. Cândido, sempre caminhando sobre membros palpitantes ou atravessando ruínas, enfim saiu do palco da guerra, levando algumas pequenas provisões em seu alforje, e sem nunca se esquecer da senhorita Cunegundes. As provisões acabaram quando ele chegou à Holanda; mas, tendo ouvido dizer que todo mundo era rico naquele país, e cristão, não teve dúvida de que o tratariam tão bem quanto ele havia sido tratado no castelo do senhor barão antes de ser expulso de lá pelos belos olhos da senhorita Cunegundes.

Pediu esmola a vários graves personagens, que lhe responderam, todos, que, se ele continuasse a seguir aquele ofício, seria trancado numa casa de correção para aprender a viver.

Ele interpelou, em seguida, um homem que acabara de falar sozinho sobre a caridade, por uma hora inteira, para uma grande assembleia. Esse orador, olhando enviesado para ele, disse-lhe: "O que veio fazer aqui? Está aqui pela boa causa?". "Não existe efeito sem causa", respondeu modestamente Cândido, "tudo está necessariamente encadeado e arranjado da melhor maneira possível. Foi preciso eu ter sido expulso da companhia da senhorita Cunegundes, ter passado pelas varetas, e é preciso que eu peça meu pão até poder ganhá-lo; tudo isso não podia ser de outro modo." "Meu amigo", disse-lhe o orador, "acredita que o papa seja o anticristo?" "Ainda não tinha ouvido falar sobre isso", respondeu Cândido; "mas quer ele seja, quer não seja, falta-me pão." "Não mereces comê-lo", disse o outro; "vai, bandido, vai, miserável, não me aproximes de tua vida." A mulher do orador, tendo colocado a cabeça à janela e avistando um homem que duvidava que o papa fosse o anticristo, despejou-lhe na cabeça um penico cheio... Ó, céus! A que excesso chega o zelo pela religião entre as damas!

Um homem que não havia sido batizado, um bom anabatista,[1] chamado Jacques, viu a maneira cruel e infame como tratavam um de seus irmãos, um ser de dois pés e sem plumas, que tinha uma alma; levou-o para casa, limpou-o, deu-lhe pão e cerveja, presenteou--o com dois florins e quis até ensiná-lo a trabalhar em suas manufaturas de tecidos da Pérsia fabricados na Holanda. Cândido, quase em reverência diante dele, exclamava: "Bem me disse mestre Pangloss que tudo está da melhor maneira possível neste mundo, pois sou infinitamente mais tocado por sua extrema generosidade do que pela dureza deste senhor de manto negro e da senhora sua esposa".

No dia seguinte, passeando, ele encontrou um mendigo todo coberto de pústulas, os olhos sem vida, a ponta do nariz carcomida, a boca torta, os dentes pretos, forçando a garganta ao falar, atormentado por uma tosse violenta e cuspindo um dente a cada esforço.

---

1. Seita protestante comum na Holanda e na Alemanha, que só autorizava o batismo na idade adulta.

IV. Como Cândido reencontrou seu antigo mestre de filosofia, o doutor Pangloss, e o que ocorreu

Cândido, mais tocado pela compaixão do que pelo horror, deu ao horrendo mendigo os dois florins que havia recebido de seu honesto anabatista Jacques. O fantasma o encarou fixamente, verteu lágrimas e saltou-lhe no pescoço. Cândido, assustado, recuou. "Ah!", disse o miserável ao outro miserável, "não reconhece mais seu caro Pangloss?" "O que estou ouvindo? O senhor, meu caro mestre! O senhor, neste estado horrível! Que infortúnio então lhe aconteceu? Por que não continua no mais belo dos castelos? O que foi feito da senhorita Cunegundes, pérola entre as moças, obra-prima da natureza?" "Não aguento mais", disse Pangloss. Cândido imediatamente o levou ao estábulo do anabatista, onde fez com que comesse um pouco de pão. Quando Pangloss se recuperou, disse-lhe: "Pois bem! Cunegundes?" "Está morta", respondeu o outro. Cândido desmaiou ao ouvir isso; o amigo o fez recuperar os sentidos com um pouco de vinagre ruim que por acaso estava no estábulo. Cândido abriu os olhos. "Cunegundes está morta! Ah! Melhor dos mundos, onde está você? Mas de que doença morreu? Não terá sido por ter-me visto expulso a pontapés do belo castelo do senhor seu pai?" "Não", disse Pangloss, "ela foi estripada por soldados búlgaros, depois de ter sido violada tantas vezes quanto é possível ser; quebraram a cabeça do senhor barão, que queria defendê-la; a senhora baronesa foi cortada em pedaços; meu pobre pupilo foi tratado exatamente como a irmã; quanto ao castelo, não restou pedra sobre pedra, nenhum celeiro, nenhum carneiro, nenhum pato, nenhuma árvore; mas fomos bem vingados, pois os ávaros fizeram o mesmo numa baronia vizinha que pertencia a um senhor búlgaro."

Ao ouvir essas palavras, Cândido desmaiou de novo; mas voltou a si e, depois de dizer tudo o que devia dizer, indagou sobre a causa e o efeito e sobre a razão suficiente que havia deixado Pangloss em estado tão lamentável. "Ah!", disse o outro, "foi o amor; o amor, o consolador do gênero humano, o conservador do universo, a alma de todos os seres sensíveis, o terno amor." "Ah!", disse Cândido, "conheci esse amor, esse soberano dos corações, essa alma de nossa alma; ele nunca me valeu nada além de um beijo e vinte pontapés no traseiro. Como essa bela causa pode ter produzido no senhor um efeito tão abominável?"

Pangloss respondeu nos seguintes termos: "Ó, meu querido Cândido! Você conheceu Paquette, aquela bonita acompanhante de nossa augusta baronesa; experimentei em seus braços as delícias do paraíso, que produziram esses tormentos infernais pelos quais você me vê devorado; ela estava infectada, talvez já tenha morrido. Paquette ganhara esse presente de um franciscano muito sábio, que havia voltado às origens; pois ele o havia recebido de uma velha condessa, que o pegara de um capitão de cavalaria, que o devia a uma marquesa, que o adquirira com um pajem, que o contraíra de um jesuíta que, sendo noviço, o havia recebido em linha direta de um dos companheiros de Cristóvão Colombo. Quanto a mim, não o passarei a ninguém, pois estou morrendo".

"Ó, Pangloss!", exclamou Cândido, "que estranha genealogia! Não foi o diabo que a originou?" "Em absoluto", respondeu o grande homem; "foi uma coisa indispensável no melhor dos mundos, um ingrediente necessário. Pois, se Colombo não tivesse contraído, numa ilha da América, essa doença que envenena a fonte da geração, que com frequência até impede a geração, e que evidentemente é o oposto do grande objetivo da natureza, nós não teríamos nem o chocolate nem a cochonilha;[1] é preciso observar que, até hoje, em nosso continente, essa doença nos é particular, como a controvérsia. Os turcos, os indianos, os persas, os chineses, os siameses e os japoneses ainda não a conhecem; mas há razão suficiente para que a conheçam por sua vez dentro de alguns séculos. Enquanto isso, ela teve um maravilhoso progresso entre nós, principalmente nos grandes exércitos compostos de honestos estipendiários, bem-educados, que de-

---

1. A cochonilha é um inseto americano que serve para fabricação de um corante de cor carmim.

cidem o destino dos Estados; pode-se asseverar que, quando trinta mil homens combatem enfileirados contra tropas de igual número, há por volta de vinte mil sifilíticos de cada lado."

"Que coisa admirável", disse Cândido, "mas precisamos curá-lo."

"E como posso fazer isso?", perguntou Pangloss; "não tenho um tostão, meu amigo; e em toda a extensão deste globo, não podemos fazer uma sangria ou um clister sem pagar, ou sem alguém que pague por nós."

Essa última frase determinou Cândido; ele foi se atirar aos pés de seu caridoso anabatista Jacques e fez-lhe um quadro tão tocante do estado a que seu amigo fora reduzido que o bom sujeito não hesitou em acolher o doutor Pangloss; fez com que fosse tratado a suas custas. Pangloss, no tratamento, perdeu apenas um olho e uma orelha. Ele escrevia bem e sabia aritmética com perfeição. O anabatista Jacques fez dele seu guarda-livros. Ao cabo de dois meses, sendo obrigado a ir a Lisboa para seus negócios comerciais, levou em seu navio os dois filósofos. Pangloss explicou-lhe como tudo era melhor impossível. Jacques não compartilhava dessa opinião. "Os homens", dizia ele, "bem devem ter corrompido um pouco a natureza, pois não nasceram lobos e tornaram-se lobos. Deus não lhes deu nem canhões de vinte e quatro libras[2] nem baionetas, eles construíram baionetas e canhões para destruir uns aos outros. Eu também poderia listar falências e a justiça que se apodera dos bens dos falidos para deles privar os credores." "Tudo isso era indispensável", replicava o doutor caolho, "e os infortúnios particulares fazem o bem geral, de modo que quanto mais numerosos são os infortúnios particulares, mais tudo vai bem." Enquanto ele argumentava, o céu escureceu, os ventos sopraram dos quatro cantos do mundo e o navio foi assaltado pela mais horrível tempestade, diante do porto de Lisboa.

---

2. Cerca de dez quilos. À época, os canhões eram classificados pelo peso de suas balas.

V. Tempestade, naufrágio, terremoto e o que sucedeu ao doutor Pangloss, a Cândido e ao anabatista Jacques

Metade dos passageiros, abatida, sofrendo daquelas angústias inconcebíveis que o balanço de um navio provoca nos nervos e em todos os humores do corpo agitados em sentidos contrários, não tinha nem forças para se preocupar com o perigo. A outra metade gritava e fazia orações; as velas estavam rasgadas, os mastros quebrados, o navio entreaberto. Trabalhava quem conseguia, ninguém se entendia, ninguém comandava. O anabatista ajudava um pouco na manobra; ele estava no convés; um marujo furioso atingiu-o bruscamente e o derrubou no assoalho; mas, pelo golpe que deu, ele mesmo foi tão violentamente sacudido que caiu de cabeça para fora do navio. Ficou suspenso e pendurado a uma parte do mastro quebrado. O bom Jacques correu a seu socorro, ajudou-o a voltar e, pelo esforço que fez, foi precipitado ao mar, à vista do marujo, que o deixou morrer, sem se dignar sequer a olhar para ele. Cândido se aproximou, viu seu benfeitor, que reapareceu por um momento e foi engolido para sempre. Ele quis se atirar atrás dele no mar; o filósofo Pangloss o impediu, provando que a baía de Lisboa havia sido formada de propósito para que aquele anabatista se afogasse nela. Enquanto o provava *a priori*, o navio se partiu e todos pereceram, com exceção de Pangloss, de Cândido e do brutal marujo que havia afogado o virtuoso anabatista; o velhaco nadou com sucesso até a margem, para onde Pangloss e Cândido foram levados por uma tábua.

Quando voltaram um pouco a si, caminharam na direção de Lisboa; restava-lhes algum dinheiro, com o qual esperavam salvar-se da fome depois de ter escapado da tempestade.

Assim que colocaram os pés na cidade, chorando a morte de seu benfeitor, sentiram a terra tremer sob seus passos; o mar se elevou borbulhando no porto e arrasou os navios ali ancorados. Turbilhões de chamas e cinzas cobriam as ruas e as praças públicas; as casas desabavam, os tetos caíam sobre as fundações, e as fundações se dispersavam; trinta mil habitantes de todas as idades e sexos ficaram esmagados sob as ruínas.¹ O marujo dizia, assobiando e praguejando: "Haverá alguma coisa a ganhar aqui". "Qual pode ser a razão suficiente desse fenômeno?", dizia Pangloss. "Chegou o último dia do mundo!", exclamava Cândido. O marujo corre desenfreado em meio aos destroços, enfrenta a morte por dinheiro, consegue algum, apropria-se dele, se embriaga e, já sóbrio, compra os favores da primeira moça de boa vontade que encontra nas ruínas das casas destruídas entre os moribundos e os mortos. Em meio a tudo isso, Pangloss o puxava pela manga: "Meu amigo", dizia ele, "isso não é bom, está ofendendo a razão universal, utilizando mal o seu tempo". "Cabeça e sangue!",² respondeu o outro, "sou marujo e nasci na Batávia;³ pisei quatro vezes no crucifixo em quatro viagens ao Japão; achaste o homem errado com tua razão universal!"

Alguns fragmentos de pedra tinham ferido Cândido; ele estava estendido no meio da rua e coberto de escombros. Dizia a Pangloss: "Ah! Consiga-me um pouco de vinho e óleo; estou morrendo". "Este terremoto não é algo novo", respondeu Pangloss; "a cidade de Lima sofreu os mesmos abalos na América no ano passado; mesmas causas, mesmos efeitos: com certeza há um rasto de enxofre embaixo da terra de Lima até Lisboa." "Nada é mais provável", disse Cândido; "mas, por Deus, um pouco de óleo e vinho." "Como assim, provável?", devolveu o filósofo; "afirmo que a coisa foi demonstrada." Cândido perdeu os sentidos e Pangloss trouxe-lhe um pouco de água de uma fonte vizinha.

No dia seguinte, tendo encontrado algumas provisões esgueirando-se por entre os escombros, eles recuperaram um pouco as forças. Depois, trabalharam como os outros para ajudar os que tinham escapado da morte. Alguns cidadãos socorridos por eles deram-lhes um almoço tão bom quanto se podia em tal desastre. É verdade que a refeição foi triste; os convivas molhavam o pão com suas lágrimas; mas Pangloss consolou-os garantindo que as coisas não podiam ser de

---

1. Ao terremoto que devastou Lisboa em 1º de novembro de 1755 seguiram-se incêndios e um maremoto.
2. Forma abreviada da blasfêmia "Pela cabeça e pelo sangue de Deus".
3. Fundada em 1619, tornou-se a capital da colônia holandesa de Java (hoje Jacarta).

outro modo: "Pois", disse ele, "tudo isso é o que há de melhor. Pois, se há um vulcão em Lisboa, ele não podia estar alhures. Pois é impossível que as coisas não estejam onde estão. Pois tudo está bem".

Um homenzinho de preto, familiar da Inquisição,[4] que estava a seu lado, tomou educadamente a palavra e disse: "Aparentemente, o senhor não acredita no pecado original; pois, se tudo está da melhor maneira possível, então não houve nem queda nem punição". "Cheio de humildade, peço perdão a Vossa Excelência", respondeu Pangloss, ainda mais educadamente, "pois a queda do homem e a maldição entravam necessariamente no melhor dos mundos possíveis." "O senhor então não acredita na liberdade?", perguntou o familiar. "Vossa Excelência me desculpará", disse Pangloss; "a liberdade pode coexistir com a necessidade absoluta; pois era necessário que fôssemos livres; pois enfim a vontade determinada..." Pangloss estava no meio da frase quando o familiar fez sinal com a cabeça a seu criado que lhe servia vinho do Porto, ou d'Oporto.

---

4. Os Familiares do Santo Ofício prestavam serviços aos inquisidores, espionando e denunciando suspeitos.

VI. Como se fez um belo auto de fé para impedir os tremores de terra, e como Cândido foi chicoteado

Depois do terremoto que havia destruído três quartos de Lisboa, os sábios do país não encontraram meio mais eficaz de prevenir uma ruína total do que oferecer ao povo um belo auto de fé; foi decidido pela universidade de Coimbra que o espetáculo de algumas pessoas queimadas em fogo lento, em grande cerimônia, era um segredo infalível para impedir a terra de tremer.

Para isso, haviam capturado um biscainho, acusado de ter casado com a madrinha, e dois portugueses que, ao comer um frango, haviam arrancado o toucinho:[1] depois do almoço, amarraram o doutor Pangloss e seu discípulo Cândido, um por ter falado, o outro por ter ouvido com ar de aprovação: os dois foram levados separadamente para aposentos de extremo frescor, nos quais nunca se era incomodado pelo sol; oito dias depois, os dois foram vestidos com sambenitos e tiveram a cabeça ornada com mitras de papel:[2] a mitra e o sambenito de Cândido tinham desenhos de chamas invertidas e diabos sem rabo nem garras; mas os diabos de Pangloss tinham garras e rabo, e as chamas estavam certas. Eles caminharam em procissão vestidos dessa maneira e ouviram um sermão muito patético, seguido de uma bela música em falso-bordão. Cândido foi chicoteado cadenciadamente nas nádegas, enquanto cantavam; o biscainho e os dois homens que não tinham comido o toucinho foram queimados, Pangloss foi enforcado, apesar de não ser este o costume. No mesmo dia a terra tremeu de novo com um estrondo terrível.

Cândido, apavorado, estupefato, desvairado, todo ensanguentado, todo trêmulo, dizia consigo mesmo: "Se este é o melhor dos mundos possíveis, como serão os outros? Ainda passaria se eu tivesse

---

1. Ou seja, eles o haviam "judaizado", seguindo a lei judaica que proíbe o consumo de carne de porco.
2. O sambenito era o hábito que cobria os condenados, e a mitra, um chapéu pontudo.

sido apenas chicoteado, já o fui entre os búlgaros. Mas, ó meu caro Pangloss!, o maior dos filósofos, precisava ver-te assim pendurado sem saber por quê? Ó meu caro anabatista, o melhor dos homens, precisava ter morrido afogado no porto? Ó senhorita Cunegundes!, pérola entre as moças, precisava ter tido o ventre rasgado?".

Ele se revirava, mal conseguindo se sustentar, evangelizado, surrado, absolvido e abençoado, quando uma velha abordou-o e disse: "Meu filho, tome coragem, siga-me".

VII. Como uma velha cuidou de Cândido, e como ele reencontrou o que amava

Cândido não tomou coragem, mas seguiu a velha até um casebre; ela lhe deu um pote de pomada para esfregar no corpo, deixou-lhe algo para comer e beber; mostrou-lhe uma pequena cama limpa o suficiente; ao lado da cama, havia um traje completo. "Coma, beba, durma", ela disse, "e que Nossa Senhora de Atocha, monsenhor Santo Antônio de Pádua e monsenhor Santiago de Compostela tomem conta de você: voltarei amanhã." Cândido, ainda espantado com tudo o que havia visto, com tudo o que havia sofrido e mais ainda com a caridade da velha, quis beijar-lhe a mão. "Não é minha mão que deve ser beijada", disse a velha; "voltarei amanhã. Esfregue o corpo com a pomada, coma e durma."

Cândido, apesar de tantos infortúnios, comeu e dormiu. No dia seguinte, a velha levou-lhe o desjejum, examinou suas costas, esfregou-as pessoalmente com outra pomada; mais tarde, levou-lhe o almoço; voltou à noite com o jantar. No outro dia, repetiu as mesmas cerimônias. "Quem é a senhora?", Cândido sempre perguntava; "Quem lhe inspirou tanta bondade? Com que graças posso retribuir-lhe?" A boa mulher nunca respondia; ela voltou à noite e não trouxe nada para o jantar. "Venha comigo", disse ela, "e não abra a boca." Pegou-o pelo braço e conduziu-o pelo campo por cerca de um quarto de milha:[1] eles chegaram a uma casa isolada, cercada por jardins e canais. A velha bateu a uma pequena porta. Alguém abriu; ela levou Cândido, por uma escada secreta, a um gabinete dourado, deixou-o sobre um sofá de brocado, fechou a porta e foi embora. Cândido pensou sonhar, viu toda a sua vida como um sonho funesto e o momento presente como um sonho agradável.

A velha logo voltou; conduzia com dificuldade uma mulher trêmula, de porte majestoso, brilhando com pedrarias e coberta por um

---
1. Cerca de 400 metros.

véu. "Retire o véu", disse a velha a Cândido. O jovem se aproximou; ele levantou o véu com mão tímida. Que momento! Que surpresa! Ele pensou ver a senhorita Cunegundes; viu-a de fato, era ela mesma. Faltaram-lhe forças, ele não conseguiu proferir uma palavra, jogou-se a seus pés. Cunegundes caiu sobre o sofá. A velha encheu-os de águas espirituosas; eles recuperaram os sentidos, conversaram: primeiro, com palavras entrecortadas, perguntas e respostas que se cruzavam, suspiros, lágrimas, gritos. A velha recomendou que fizessem menos barulho e deixou-os a sós. "Como! É você", disse-lhe Cândido, "está viva! Encontro-a em Portugal! Então não foi violada? Não abriram seu ventre, como o filósofo Pangloss me havia assegurado?" "Sim", disse a bela Cunegundes; "mas nem sempre se morre desses dois acidentes." "Mas seu pai e sua mãe foram mortos?" "É a mais pura verdade", disse Cunegundes, chorando. "E seu irmão?" "Meu irmão também foi morto." "E por que está em Portugal? E como soube que eu estava aqui? E por que estranho acaso mandou conduzir-me a esta casa?" "Contarei tudo isso", respondeu a dama; "mas primeiro precisa me contar tudo o que aconteceu com você desde o beijo inocente que me deu e os pontapés que recebeu."

Cândido obedeceu com profundo respeito; e, apesar de estar estupefato, de sua voz estar fraca e trêmula, apesar de ter as costas ainda doendo um pouco, narrou da maneira mais ingênua tudo o que havia padecido desde o momento em que tinham se separado. Cunegundes erguia os olhos ao céu; chorou a morte do bom anabatista e a de Pangloss; depois, falou nos seguintes termos a Cândido, que não perdia uma palavra e a devorava com os olhos.

VIII. História de Cunegundes

"Eu estava em minha cama e dormia profundamente, quando quis o céu enviar os búlgaros a nosso belo castelo de Thunder-ten-tronckh; eles degolaram meu pai e meu irmão, e cortaram minha mãe em pedaços. Um grande búlgaro, de seis pés de altura,[1] vendo que diante daquela cena eu havia desmaiado, começou a me violar; isso me fez acordar, recuperei os sentidos, gritei, debati-me, mordi, arranhei, tentei arrancar os olhos daquele grande búlgaro, sem saber que tudo o que acontecia no castelo de meu pai era algo habitual: o bruto deu-me uma facada no flanco esquerdo de que ainda carrego a marca. "Ah! Espero poder vê-la", disse o ingênuo Cândido. "Você a verá", disse Cunegundes, "mas continuemos." "Continue", disse Cândido.

Ela retomou o fio da história: "Um capitão búlgaro entrou, viu-me toda ensanguentada, mas o soldado não se incomodou. O capitão ficou furioso com o pouco respeito que aquele bruto atestava por ele e matou-o em cima de meu corpo. Depois mandou fazerem-me curativos e levou-me prisioneira de guerra para seu quartel. Eu lavava as poucas camisas que ele tinha, cozinhava; ele me achava muito bonita, preciso confessar; e não negarei que era muito bem-apessoado e tinha a pele branca e macia; aliás, pouco espírito, pouca filosofia: via-se bem que não havia sido instruído pelo doutor Pangloss. Ao cabo de três meses, tendo perdido todo o seu dinheiro e tendo enjoado de mim, vendeu-me a um judeu chamado dom Issacar, que traficava na Holanda e em Portugal, e que amava apaixonadamente as mulheres. Esse judeu se apegou muito a minha pessoa, mas não conseguiu triunfar; resisti a ele melhor do que ao soldado búlgaro. Uma pessoa de honra pode ser violada uma vez, mas sua virtude se fortalece com isso. O judeu, para me amansar, trouxe-me para esta casa de campo que você está vendo. Eu acreditara, até então, que não havia sobre a terra nada mais belo que o castelo de Thunder-ten-tronckh; fui desiludida.

---

1. Cerca de dois metros.

"O grande inquisidor avistou-me um dia à missa, encarou-me muito e mandou dizer-me que queria falar comigo sobre assuntos secretos. Fui conduzida a seu palácio; informei-lhe de meu nascimento; ele me expôs quanto estava abaixo de minha condição pertencer a um israelita. Propuseram a dom Issacar, de sua parte, que me cedesse ao monsenhor. Dom Issacar, que é o banqueiro da corte e homem de crédito, não quis aceitar. O inquisidor ameaçou-o com um auto de fé. Por fim, meu judeu, intimidado, fechou um negócio em que a casa e eu pertenceríamos aos dois em comum; o judeu teria as segundas-feiras, as quartas-feiras e o dia do *shabat*, e o inquisidor teria os outros dias da semana. Faz seis meses que esse acordo perdura. Não sem disputas; pois muitas vezes houve dúvida sobre se a noite de sábado para domingo pertencia à antiga lei ou à nova. De minha parte, resisti às duas até o momento e creio que é por essa razão que sempre me amaram.

"Enfim, para afastar o flagelo dos terremotos e para intimidar dom Issacar, monsenhor o inquisidor decidiu celebrar um auto de fé. Ele me honrou com um convite. Fiquei muito bem posicionada; refrescos foram servidos às senhoras entre a missa e a execução. Fiquei, na verdade, tomada de horror ao ver queimarem aqueles dois judeus e o honesto biscainho que havia casado com a madrinha; mas qual não foi minha surpresa, meu pavor, minha confusão, quando vi, vestindo um sambenito e sob uma mitra, uma figura que se assemelhava à de Pangloss! Esfreguei os olhos, olhei com atenção, vi-o ser enforcado; as forças me faltaram. Assim que recuperei os sentidos, vi deixarem você todo nu; foi o cúmulo do horror, da consternação, da dor, do desespero. Posso dizer, com sinceridade, que sua pele é ainda mais branca e de um encarnado ainda mais perfeito do que a de meu capitão dos búlgaros. Essa visão duplicou todos os sentimentos que me oprimiam, que me devoravam. Exclamei, quis dizer: 'Parem, bárbaros!', mas a voz me faltou e meus gritos teriam sido inúteis. Depois que você foi bem açoitado, eu disse: 'Como pode ser que o amável Cândido e o sábio Pangloss se encontrem em Lisboa, um para receber cem chicotadas, o outro para ser enforcado por ordem de monsenhor o inquisidor de quem sou a bem-amada? Então Pangloss mui cruelmente me enganou quando disse que tudo acontece da melhor maneira possível'.

"Agitada, desvairada, ora fora de mim e ora prestes a desfalecer, minha cabeça foi invadida pelo massacre de meu pai, de minha mãe, de meu irmão, pela insolência de meu vil soldado búlgaro, pela facada que ele me deu, por minha servidão, por minha função de cozinheira, por meu capitão búlgaro, por meu vil dom Issacar, por meu abominável inquisidor, pelo enforcamento do doutor Pangloss, por esse grande *miserere* em falso-bordão durante o qual você era chicoteado e, principalmente, pelo beijo que lhe dei atrás de um biombo, no dia em que o vi pela última vez. Louvei a Deus, que o trazia de volta para mim com tantas provações. Recomendei a minha velha que cuidasse de você e o trouxesse aqui assim que possível. Ela cumpriu muito bem a incumbência; experimentei o prazer encantador de revê-lo, de ouvi-lo e de conversarmos. Você deve estar com uma fome atroz; tenho grande apetite; comecemos pelo jantar."

Eis que os dois se puseram à mesa; depois do jantar, voltaram ao belo sofá de que já se falou; ali estavam quando o senhor dom Issacar, um dos donos da casa, chegou. Era o dia do *shabat*. Ele vinha usufruir de seus direitos e comunicar seu terno amor.

IX. O que sucedeu a Cunegundes, a Cândido, ao grande inquisidor e a um judeu

Este Issacar era o hebreu mais colérico que se vira em Israel desde o cativeiro da Babilônia. "O quê!", ele disse, "cadela da Galileia, não basta o senhor inquisidor? Esse patife também precisa compartilhá-la comigo?" Dizendo isso, empunhou o longo punhal com que sempre se prevenia e, acreditando seu adversário desarmado, lançou-se sobre Cândido; mas nosso bom westfaliano havia recebido uma bela espada da velha, junto com o traje completo. Ele a desembainhou, apesar de ter costumes muito suaves, e derrubou o israelita, que caiu morto sobre o ladrilho, aos pés da bela Cunegundes.

"Virgem Santa!", ela exclamou, "o que será de nós? Um homem foi morto em minha casa! Se a justiça vier, estaremos perdidos." "Se Pangloss não tivesse sido enforcado", disse Cândido, "ele nos daria um bom conselho nesta situação extrema, pois era um grande filósofo. Como está ausente, consultemos a velha." Ela era muito prudente e estava começando a dar seu palpite quando outra portinhola se abriu. Era uma hora depois da meia-noite, o domingo começava. Esse dia pertencia a monsenhor inquisidor. Ele entrou e viu o açoitado Cândido com a espada na mão, um morto estendido no chão, Cunegundes sobressaltada e a velha dando conselhos.

Neste momento, eis o que se passou na alma de Cândido e como ele raciocinou: "Se o santo homem clamar por socorro, serei infalivelmente queimado; ele poderá fazer o mesmo com Cunegundes; mandou que me açoitassem impiedosamente; ele é meu rival; comecei a matar, não devo hesitar". Seu raciocínio foi preciso e rápido; sem dar tempo ao inquisidor de refazer-se de sua surpresa, ele o transpassou de lado a lado e o jogou ao lado do judeu. "Era só o que faltava", disse Cunegundes; "não há mais remissão; seremos excomungados, nossa hora chegou. Você, que nasceu tão doce, como fez para matar em dois minutos um judeu e um prelado?" "Minha bela senhorita", respondeu Cândido, "quando se está apaixonado, com ciúme e se foi açoitado pela Inquisição, não nos reconhecemos mais."

A velha tomou então a palavra e disse: "Há três cavalos andaluzes na estrebaria, com selas e rédeas: que o bravo Cândido os prepare; a senhora tem moidores[1] e diamantes: montemos logo a cavalo, embora eu só possa me sentar sobre uma nádega, e sigamos até Cádiz; faz o mais belo tempo do mundo e é um grande prazer viajar sob o frescor da noite".

Cândido imediatamente selou os três cavalos. Cunegundes, a velha e ele percorreram trinta milhas[2] de uma só vez. Enquanto se afastavam, a Santa Irmandade chegou à casa; monsenhor foi enterrado numa bela igreja e Issacar foi atirado na sarjeta.

Cândido, Cunegundes e a velha já estavam na cidadezinha de Avicena, no meio das montanhas da Serra Morena; e falavam da seguinte maneira dentro de uma taberna.

---

1. Antiga moeda de ouro portuguesa.
2. Cerca de 45 quilômetros.

X. As dificuldades enfrentadas por Cândido, Cunegundes e a velha ao chegar a Cádiz, e como se deu o embarque deles

"Quem pode ter roubado minhas pistolas[1] e meus diamantes?", dizia, chorando, Cunegundes; "De que viveremos? Como faremos? Onde encontrar inquisidores e judeus que me deem outros?" "Ah!", disse a velha, "desconfio muito de um reverendo padre franciscano que dormiu ontem em nosso albergue de Badajoz; Deus me guarde de fazer um julgamento imprudente! Mas ele entrou duas vezes em nosso quarto e foi embora muito antes de nós." "Ai!", disse Cândido, "o bom Pangloss bem que havia me provado várias vezes que os bens da terra são comuns a todos os homens, que cada um tem igual direito a eles. Esse franciscano, seguindo esses princípios, devia ter-nos deixado o suficiente para concluir nossa viagem. Não lhe restou, pois, absolutamente nada, minha bela Cunegundes?" "Nem um maravedi",[2] disse ela. "Que decisão tomar?", perguntou Cândido. "Podemos vender um dos cavalos", disse a velha; "montarei na garupa da senhorita, embora só possa sentar-me sobre uma nádega, e chegaremos a Cádiz."

Havia no mesmo albergue um prior beneditino, que comprou o cavalo por uma bagatela. Cândido, Cunegundes e a velha passaram por Lucena, por Chillas, por Lebrija e chegaram enfim a Cádiz.[3] Equipava-se uma frota e tropas eram recrutadas para trazer à razão os reverendos padres jesuítas do Paraguai, acusados de fazer uma de suas hordas se revoltar contra os reis da Espanha e de Portugal, perto da cidade de Santo Sacramento. Cândido, tendo servido entre os búlgaros, fez o exercício búlgaro diante do general do pequeno exército com tanta graça, celeridade, habilidade, orgulho, agilidade, que recebeu o comando de uma companhia de infantaria. Viu-se

---

1. Antiga moeda de ouro espanhola.
2. Pequena moeda de cobre, comum na península Ibérica.
3. As cidades são reais, mas o itinerário é fantasioso.

capitão; embarcou com a senhorita Cunegundes, a velha, dois criados e os dois cavalos andaluzes que tinham pertencido ao senhor grande inquisidor de Portugal.

Durante toda a travessia eles discorreram muito sobre a filosofia do pobre Pangloss. "Vamos para outro universo", dizia Cândido; "sem dúvida é nele que tudo está bem. Pois é preciso confessar que poderíamos gemer um pouco pelo que acontece no nosso, no físico e no moral." "Amo você de todo o coração", dizia Cunegundes, "mas ainda tenho a alma assustada com o que vi, com o que vivi." "Tudo dará certo", respondia Cândido, "o mar desse novo mundo já vale mais que os mares de nossa Europa; ele é mais calmo, os ventos são mais constantes. Com certeza o novo mundo é o melhor dos universos possíveis." "Deus queira!", dizia Cunegundes, "mas eu fui tão horrivelmente infeliz no nosso que meu coração está quase fechado para a esperança." "Vocês se queixam", disse-lhes a velha, "ah!, mas não viveram infortúnios como os meus." Cunegundes quase começou a rir e achou aquela boa mulher bastante gentil por tentar ser mais infeliz que ela. "Ah, minha criada!", disse ela. "A não ser que você tenha sido violada por dois búlgaros, levado duas facadas no ventre, tido destruídos dois de seus castelos, visto degolarem sob seus olhos duas mães e dois pais, e visto dois de seus amantes açoitados num auto de fé, não vejo como poderia me sobrepujar; some a isso o fato de eu ter nascido baronesa com setenta e dois quartos de nobreza e me tornado cozinheira." "A senhorita", respondeu a velha, "não conhece meu nascimento; e se eu lhe mostrasse meu traseiro, não falaria como falou e suspenderia seu julgamento." Essas palavras fizeram nascer uma extrema curiosidade na mente de Cunegundes e de Cândido. A velha falou-lhes nos seguintes termos.

XI. História da velha

"Eu nem sempre tive as pálpebras inchadas e manchadas de vermelho; meu nariz nem sempre tocou no queixo e nem sempre fui uma criada. Sou a filha do papa Urbano x e da princesa de Palestrina. Fui educada até os catorze anos num palácio para o qual todos os castelos de seus barões alemães não teriam servido sequer de estrebaria; e um vestido meu valia mais do que todas as magnificências da Westfália. Eu crescia em beleza, graças, talentos, em meio a prazeres, respeitos e esperanças. Eu já inspirava amor, meu peito se formava; e que peito!, branco, firme, talhado como o da Vênus de Médicis; e que olhos!, que pálpebras!, que sobrancelhas negras!, que chamas ardiam em minhas duas pupilas e eclipsavam o cintilar das estrelas, como diziam os poetas do bairro. As mulheres que me vestiam e despiam caíam em êxtase ao me contemplar pela frente e por trás, e todos os homens teriam desejado estar em seus lugares.

"Fui a noiva de um príncipe soberano de Massa-Carrara. Que príncipe!, tão belo quanto eu, feito de doçura e encanto, brilhante de espírito e ardente de amor. Eu o amava como se ama pela primeira vez, com idolatria, com arrebatamento. As bodas foram preparadas. Foi uma pompa, uma magnificência nunca antes vista; houve festejos, carrosséis e óperas bufas continuamente; toda a Itália fez sonetos para mim, dos quais nenhum foi apenas passável. Eu estava alcançando meu momento de felicidade quando uma velha marquesa que havia sido amante de meu príncipe o convidou para tomar um chocolate em sua casa. Ele morreu em menos de duas horas sob convulsões terríveis. Mas isso foi uma ninharia. Minha mãe, em desespero, e bem menos aflita do que eu, quis retirar-se por algum tempo de uma morada tão funesta. Ela tinha uma belíssima terra perto de Gaeta. Embarcamos numa galé da região, dourada como o altar de São Pedro em Roma. Eis que um corsário de Salé lançou-se sobre nós e abordou-nos. Nossos soldados se defenderam como soldados do papa: colocaram-se todos de joelhos atirando as armas e pedindo ao corsário uma absolvição *in articulo mortis*.[1]

"Foram imediatamente desnudados como macacos, assim como minha mãe, nossas damas de honra e eu. Era admirável a diligência com que aqueles senhores despiam as pessoas. Mas o que mais me surpreendeu foi que colocaram em todos o dedo num lugar em que nós, mulheres, em geral só deixamos colocar cânulas.[2] Essa cerimônia me pareceu bastante estranha: é assim que julgamos tudo quando nunca saímos de nosso país. Logo aprendi que era para ver se não tínhamos escondido ali alguns diamantes: é um costume estabelecido desde tempos imemoriais entre as nações civilizadas que correm os mares. Fiquei sabendo que os senhores religiosos cavaleiros de Malta nunca o dispensam quando capturam turcos e turcas; é uma lei do direito comum que nunca foi derrogada.

"Não direi como é difícil para uma jovem princesa ser levada como escrava ao Marrocos, junto com a mãe. Vocês podem imaginar tudo o que tivemos de sofrer no navio corsário. Minha mãe ainda era muito bonita; nossas damas de honra, nossas simples criadas de quarto, tinham mais encantos do que se pode encontrar em toda a África. De minha parte, eu era adorável, eu era a beleza, a própria graça em pessoa, e era donzela; não o fui por muito tempo: a flor que havia sido reservada para o belo príncipe de Massa-Carrara foi-me roubada pelo capitão corsário; era um negro abominável, que ainda por cima pensava prestar-me uma grande honra. Por certo, era preciso que a senhora princesa de Palestrina e eu fôssemos bem fortes para resistir a tudo quanto sofremos até a chegada ao Marrocos! Mas deixemos para lá: são coisas tão comuns que não vale a pena mencionar.

"O Marrocos nadava em sangue quando chegamos. Cinquenta filhos do imperador Mulai Ismail tinham cada um seu partido: o que produzia de fato cinquenta guerras civis, negros contra negros, negros contra morenos, morenos contra morenos, mulatos contra mulatos. Era uma carnificina contínua em toda a extensão do império.

---

1. Literalmente, "no ato da morte", ou seja, pediram uma absolvição de seus pecados na hora da morte.
2. Pequenos tubos que, adaptados a seringas, servem para a administração de lavagens intestinais.

"Assim que desembarcamos, negros de uma facção inimiga da do meu corsário se apresentaram para retirar-lhe o butim. Éramos, depois dos diamantes e do ouro, o que ele tinha de mais precioso. Fui testemunha de um combate que vocês nunca viram em seus climas europeus. Os povos do norte não têm o sangue muito ardente. Eles não têm o furor pelas mulheres tão comum na África. Seus europeus parecem ter leite nas veias; é ácido sulfúrico, é fogo o que corre nas dos habitantes do monte Atlas e dos países vizinhos. Combateu-se com a fúria dos leões, dos tigres e das serpentes da região, para saber quem ficaria conosco. Um mouro agarrou minha mãe pelo braço direito, o tenente do meu capitão a segurou pelo esquerdo; um soldado mouro pegou-a por uma perna, um de nossos piratas a segurou pela outra. Nossas damas se viram quase todas, em dado momento, puxadas assim por quatro soldados. Meu capitão mantinha-me escondida atrás dele. Ele tinha a cimitarra em punho e matava todos que se opusessem a sua raiva. Por fim, vi minha mãe e todas as nossas italianas dilaceradas, cortadas, massacradas pelos monstros que as disputavam. Os cativos, meus companheiros, aqueles que as haviam tomado, soldados, marujos, negros, morenos, brancos, mulatos e, enfim, meu capitão, todos foram mortos; fiquei agonizando sobre uma pilha de mortos. Cenas como essa aconteciam, como se sabe, numa extensão de mais de trezentas léguas,[3] sem que se faltasse às cinco orações diárias ordenadas por Maomé.

"Desembaracei-me com muita dificuldade da multidão de tantos cadáveres ensanguentados e empilhados, e arrastei-me para baixo de uma grande laranjeira à beira de um riacho vizinho; ali caí de pavor, cansaço, horror, desespero e fome. Logo depois, meus sentidos oprimidos se entregaram a um sono que mais parecia um desmaio do que um descanso. Eu estava nesse estado de fraqueza e insensibilidade, entre a vida e a morte, quando me senti pressionada por alguma coisa se agitando sobre meu corpo. Abri os olhos, vi um homem branco e de boa aparência que suspirava e dizia entre os dentes: *O che sciagura d'essere senza coglioni!*"[4]

---

3. Cerca de 1450 quilômetros.
4. "Oh, que desgraça não ter colhões!"

XII. Continuação dos infortúnios da velha

"Admirada e encantada de ouvir a língua de minha pátria, e não menos surpresa com as palavras proferidas por aquele homem, respondi-lhe que havia desgraças maiores do que aquela pela qual ele se queixava. Expliquei-lhe em poucas palavras os horrores que havia padecido e voltei a desfalecer. Ele me carregou para uma casa vizinha, mandou colocar-me na cama, dar-me de comer, serviu-me, consolou-me, lisonjeou-me, disse que nunca tinha visto nada tão bonito e que nunca havia lamentado tanto a perda daquilo que ninguém podia lhe devolver. 'Nasci em Nápoles', ele me disse, 'onde são capados dois ou três mil meninos todos os anos; alguns morrem por causa disso, outros ficam com uma voz mais bonita que as das mulheres, outros vão governar os Estados. Fizeram-me essa operação com grande sucesso e fui músico da capela da senhora princesa de Palestrina.' 'De minha mãe!', exclamei. 'De sua mãe!', ele exclamou, chorando. 'Como! A senhorita seria a jovem princesa que eduquei até a idade de seis anos e que já prometia ser tão bela quanto agora?' 'Sou eu mesma; minha mãe está a quatrocentos passos daqui, feita em pedaços sob uma pilha de mortos...'

"Contei-lhe tudo o que me havia acontecido; ele também me contou suas aventuras e me informou como havia sido enviado ao rei do Marrocos por uma potência cristã, para assinar com este monarca um tratado pelo qual lhe forneceriam pólvora, canhões e navios para ajudá-lo a acabar com o comércio dos outros cristãos. 'Minha missão foi cumprida', disse aquele honesto eunuco, 'vou embarcar para Ceuta e a levarei para a Itália. *Ma che sciagura d'essere senza coglioni!*'

"Agradeci-lhe com lágrimas de comoção; mas em vez de levar-me para a Itália, conduziu-me para Argel e me vendeu ao dei[1] dessa província. Assim que fui vendida, a peste que deu voltas na África, na Ásia e na Europa se manifestou em Argel com furor. Vocês viram tremores de terra; mas, senhorita, alguma vez já pegou a peste?"

---

1. Título dos soberanos de Argel sob domínio otomano, entre 1671 e 1830.

"Nunca", respondeu a baronesa.

"Se a tivesse pegado", retomou a velha, "admitiria que ela está muito acima de um terremoto. Ela é muito comum na África; fui atacada por ela. Imagine que situação para a filha de um papa, aos quinze anos, que em três meses viveu a pobreza, a escravidão, foi violada quase todos os dias, viu a mãe ser esquartejada, suportou a fome e a guerra, e morria de peste em Argel. Acabei não morrendo. Mas meu eunuco e o dei, e quase todo o harém de Argel, pereceram.

"Quando os primeiros estragos dessa pavorosa peste passaram, os escravos do dei foram vendidos. Um mercador comprou-me e levou-me a Túnis, vendeu-me a outro mercador, que me revendeu em Trípoli; de Trípoli fui revendida para Alexandria, de Alexandria para Esmirna, de Esmirna para Constantinopla. Pertenci, por fim, a um agá dos janízaros,[2] a quem logo ordenaram que fosse defender Azov contra os russos, que a sitiavam.

"O agá, que era um homem muito galante, levou consigo todo o harém e alojou-nos num pequeno forte sobre o Palus Maeotis,[3] guardado por dois eunucos negros e vinte soldados. Mataram-se os russos prodigiosamente, mas eles nos responderam bem. Azov foi devastada a fogo e sangue e não se poupou sexo nem idade; restou apenas nosso pequeno forte; os inimigos quiseram vencer-nos pela fome. Os vinte janízaros haviam jurado nunca se render. O extremo de fome a que foram reduzidos obrigou-os a comer nossos dois eunucos, por medo de violarem seu juramento. Ao cabo de alguns dias, decidiram comer as mulheres.

"Tínhamos um imã muito piedoso e compassivo, que fez um belo sermão com o qual convenceu-os a não nos matarem totalmente. 'Cortem apenas', ele dissera, 'uma nádega de cada uma dessas senhoras, vocês farão excelente refeição; se precisarem repetir, ainda terão o mesmo em alguns dias; o céu ficará agradecido por ação tão caridosa e vocês serão socorridos.'

"Ele tinha muita eloquência; convenceu-os. Fizeram-nos esta horrível operação. O próprio imã aplicou-nos o mesmo bálsamo

---

2. O agá era um chefe militar turco, e os janízaros constituíam a elite do exército turco.
3. *Palus Maeotis*, ou lagoa Meótida, era o antigo nome do mar de Azov, entre a Crimeia, a Ucrânia e a Rússia.

usado nas crianças que acabam de ser circuncidadas. Ficamos todas para morrer.

"Assim que os janízaros acabaram a refeição que lhes havíamos fornecido, os russos chegaram em barcos chatos; nenhum janízaro escapou. Os russos não prestaram nenhuma atenção ao estado em que nos encontrávamos. Em toda parte há cirurgiões franceses: um deles, que era muito hábil, cuidou de nós; ele nos curou e lembrarei por toda a minha vida que, quando as feridas ficaram bem fechadas, ele me fez propostas. De resto, disse a todas que nos consolássemos; garantiu-nos que em vários cercos algo parecido acontecera e que era a lei da guerra.

"Assim que minhas companheiras puderam caminhar, foram levadas a Moscou. Eu fui a parte que coube a um boiardo,[4] que fez de mim sua jardineira e que me dava vinte chicotadas por dia. Mas tendo este senhor sofrido o suplício da roda ao cabo de dois anos, junto com uns trinta boiardos, por algum aborrecimento na corte, tirei proveito dessa intriga e fugi; atravessei toda a Rússia; fui por muito tempo servente de taberna em Riga, depois em Rostock, Wismar, Leipzig, Kassel, Utrecht, Leiden, Haia, Roterdã: envelheci em meio à miséria e ao opróbrio, tendo apenas a metade de um traseiro, lembrando-me sempre de que era filha de um papa; eu quis cem vezes me matar, mas ainda amava a vida. Essa fraqueza ridícula talvez seja uma de nossas inclinações mais funestas; pois haverá algo mais tolo do que querer carregar continuamente um fardo que o tempo todo se quer atirar ao chão? Do que ter horror ao próprio ser e apegar-se a ele? Enfim, do que acariciar a serpente que nos devora até que ela coma nosso coração?

"Vi, nos países que o destino me fez percorrer e nas tabernas em que servi, um número prodigioso de pessoas que execravam as próprias vidas; mas vi apenas doze que tinham posto voluntariamente fim a suas misérias: três negros, quatro ingleses, quatro genebreses e um professor alemão chamado Robeck. Acabei sendo criada na casa do judeu dom Issacar; ele me colocou perto de minha bela senhorita; apeguei-me a seu destino e ocupei-me mais de suas aventuras

---

4. Título nobiliárquico da aristocracia russa.

do que das minhas. Nunca teria lhe falado de meus infortúnios se a senhorita não tivesse me chateado um pouco e se não fosse costume, num navio, contar histórias para se distrair. Enfim, senhorita, tenho experiência, conheço o mundo; faça-se um favor, peça a cada passageiro que lhe conte sua história; e se houver um único que não tenha amaldiçoado a própria vida com frequência, que não tenha várias vezes dito a si mesmo que era o mais infeliz dos homens, jogue-me ao mar de ponta-cabeça."

XIII. Como Cândido foi obrigado a se separar da bela Cunegundes e da velha

A bela Cunegundes, tendo ouvido a história da velha, prestou-lhe todas as cortesias devidas a uma pessoa de sua estirpe e mérito. Ela aceitou a proposta; convidou todos os passageiros, um após o outro, a contar-lhe suas aventuras. Cândido e ela admitiram que a velha tinha razão. "É uma pena", dizia Cândido, "que o sábio Pangloss tenha sido enforcado contra o costume de um auto de fé; ele nos diria coisas admiráveis sobre o mal físico e sobre o mal moral que cobrem a terra e o mar, e eu me sentiria com força suficiente para ousar fazer-lhe respeitosamente algumas objeções."

À medida que cada um contava sua história, o navio avançava. Atracaram em Buenos Aires. Cunegundes, o capitão Cândido e a velha foram à casa do governador dom Fernando de Ibarra y Figueroa y Mascareñas y Lampurdos y Souza. Este senhor tinha o orgulho que convinha a um homem que carregava tantos nomes. Ele falava aos demais com o mais nobre desdém, erguendo o nariz tão alto, elevando tão impiedosamente a voz, utilizando um tom tão imponente, afetando um porte tão altaneiro, que todos os que o saudavam ficavam tentados a agredi-lo. Ele amava as mulheres com furor. Cunegundes pareceu-lhe o que havia de mais belo. A primeira coisa que fez foi perguntar se ela era a mulher do capitão. O ar com que fez a pergunta alarmou Cândido: ele não ousou dizer que ela era sua mulher, porque de fato não era; ele não ousou dizer que era sua irmã, porque tampouco o era; e apesar de essa mentira oficiosa ter estado muito na moda entre os antigos e poder ser útil aos modernos, sua alma era pura demais para trair a verdade. "A senhorita Cunegundes", ele disse, "deve conceder-me a honra de casar comigo; suplicamos a Vossa Excelência que se digne a realizar nosso casamento."

Dom Fernando de Ibarra y Figueroa y Mascareñas y Lampurdos y Souza, levantando o bigode, sorriu amargamente e ordenou que o capitão Cândido fosse passar sua companhia em revista. Cândido obedeceu; o governador permaneceu com a senhorita Cunegundes.

Declarou-lhe sua paixão, afirmou que no dia seguinte a desposaria perante a Igreja, ou de outro modo, como agradasse a seus encantos. Cunegundes pediu-lhe um quarto de hora para se recolher, consultar a velha e decidir-se.

A velha disse a Cunegundes: "A senhorita tem setenta e dois quartos de nobreza e nenhum óbolo;[1] depende somente da senhorita ser a mulher do maior senhor da América meridional, que tem um belíssimo bigode; caberá afetar uma fidelidade a toda prova? A senhorita já foi violada pelos búlgaros; um judeu e um inquisidor tiveram suas boas graças: as desgraças dão direitos. Confesso que, se estivesse em seu lugar, não teria nenhum escrúpulo em casar com o senhor governador e fazer a fortuna do senhor capitão Cândido". Enquanto a velha falava com toda a prudência da idade e da experiência, viu-se entrar no porto um pequeno navio; ele trazia um alcaide e aguazis,[2] e eis o que aconteceu.

A velha tinha adivinhado muito bem que havia sido um franciscano de mangas largas quem roubara o dinheiro e as joias de Cunegundes na cidade de Badajoz, enquanto ela fugia às pressas com Cândido. Esse monge tentou vender algumas das pedras a um joalheiro. O comerciante reconheceu-as como sendo do grande inquisidor. O franciscano, antes de ser enforcado, confessou que as havia roubado; indicou as pessoas e o trajeto que seguiam. A fuga de Cunegundes e de Cândido já era conhecida. Eles foram seguidos a Cádiz; enviou-se, sem perda de tempo, um navio atrás deles. O navio já estava no porto de Buenos Aires. Espalhou-se o rumor de que um alcaide desembarcaria e que os assassinos de monsenhor o grande inquisidor eram perseguidos. A prudente velha entendeu na hora tudo o que se devia fazer. "A senhorita não pode fugir", ela disse a Cunegundes, "e não tem nada a temer; não foi a senhorita que matou o monsenhor; além disso, o governador, que a ama, não tolerará que a maltratem; fique." Imediatamente, correu até Cândido: "Fuja", ela disse, "ou dentro de uma hora será queimado". Não havia um instante a perder; mas como separar-se de Cunegundes e onde refugiar-se?

---

1. Moeda de pouco valor.
2. Funcionários da justiça espanhola.

XIV. Como Cândido e Cacambo foram recebidos pelos jesuítas do Paraguai

Cândido havia trazido de Cádiz um criado tal como os que são muito encontrados nas costas da Espanha e nas colônias. Era um quarto espanhol, nascido de um mestiço em Tucumã; ele tinha sido coroinha, sacristão, marujo, monge, caixeiro, soldado, lacaio. Chamava-se Cacambo e amava muito seu mestre porque seu mestre era um homem muito bom. Ele selou o mais depressa possível os dois cavalos andaluzes. "Vamos, mestre, sigamos o conselho da velha; precisamos partir e correr sem olhar para trás." Cândido verteu algumas lágrimas. "Ó, minha querida Cunegundes! Devo abandoná-la na hora em que o senhor governador realizaria nosso casamento? Cunegundes, trazida de tão longe, o que será de você?" "Ela será o que puder ser", disse Cacambo; "as mulheres nunca se embaraçam consigo mesmas; Deus provê a elas; corramos." "Onde está me levando? Para onde vamos? O que faremos sem Cunegundes?", dizia Cândido. "Por Santiago de Compostela", disse Cacambo, "o senhor ia combater os jesuítas; vamos combater por eles: conheço os caminhos bastante bem, levarei o senhor a seu reino, eles ficarão encantados de ter um capitão que faça os exercícios à búlgara; o senhor fará uma fortuna prodigiosa; quando não nos beneficiamos num mundo, partimos para outro. É um grande prazer poder ver e fazer coisas novas." "Então já esteve no Paraguai?", perguntou Cândido. "De fato, sim!", disse Cacambo; "fui bedel no colégio de Assunção e conheço o governo de Los Padres tanto quanto as ruas de Cádiz. É uma coisa admirável esse governo. O reino já tem mais de trezentas léguas[1] de diâmetro; está dividido em trinta províncias. Los Padres têm tudo, e os povos, nada; é uma obra-prima da razão e da justiça. De minha parte, não vejo nada mais divino que Los Padres, que fazem aqui guerra ao rei da Espanha e ao de Portugal, e que na Europa ouvem confissão

---

1. Cerca de 1450 quilômetros.

desses reis; que, aqui, matam espanhóis e, em Madri, enviam-nos ao céu: isso me encanta; avancemos; o senhor vai ser o mais feliz de todos os homens. Que prazer terão Los Padres quando souberem que veio a eles um capitão que sabe o exercício búlgaro!"

Assim que chegaram à primeira barreira, Cacambo disse à guarda avançada que um capitão solicitava falar com o monsenhor comandante. Foram avisar o guarda-mor. Um oficial paraguaio correu aos pés do comandante para comunicar-lhe a notícia. Primeiro, Cândido e Cacambo foram desarmados; os dois cavalos andaluzes foram tomados. Os dois estrangeiros foram introduzidos no meio de duas fileiras de soldados; o comandante estava na ponta, o tricórnio na cabeça, a batina arregaçada, a espada ao lado, o espontão na mão. Ele fez um sinal; imediatamente, vinte e quatro soldados cercaram os dois recém-chegados. Um sargento disse-lhes que deviam esperar, que o comandante não podia falar-lhes, que o reverendo padre provincial só permitia que um espanhol abrisse a boca em sua presença e não permitia que permanecesse mais de três horas no país. "E onde está o reverendo padre provincial?", perguntou Cacambo. "Ele está no desfile, depois de ter rezado a missa", respondeu o sargento; "vocês só poderão beijar suas esporas dentro de três horas." "Mas", disse Cacambo, "o senhor capitão, que está morrendo de fome como eu, não é espanhol, ele é alemão; não poderíamos tomar o desjejum enquanto esperamos Sua Reverência?"

O sargento foi na mesma hora relatar essas palavras ao comandante. "Deus seja louvado!", disse esse senhor; "como ele é alemão, posso falar com ele; que seja levado a meu abrigo." Imediatamente, Cândido foi conduzido a um gabinete de folhagens ornado com uma bonita colunata de mármore verde e dourado, e treliças que encerravam papagaios, colibris, beija-flores, galinhas-d'angola e todos os mais raros pássaros. Um excelente desjejum estava preparado em pratos de ouro; e enquanto os paraguaios comiam milho em gamelas de madeira, em pleno campo, sob o calor do sol, o reverendo padre comandante entrou no abrigo de folhagens.

Era um belíssimo jovem de rosto cheio, bastante branco, corado, sobrancelhas erguidas, olhar vivo, orelhas vermelhas, lábios carmins, ar de orgulho, mas um orgulho que não era nem o de um espanhol nem o de um jesuíta. Devolveram a Cândido e a Cacambo suas armas, que lhes tinham sido tomadas, bem como os dois cavalos andaluzes; Cacambo ofereceu-lhes aveia perto do abrigo, sem tirar os olhos deles, temendo alguma surpresa.

Cândido primeiro beijou a parte de baixo da batina do comandante, depois eles se puseram à mesa. "Então o senhor é alemão?", perguntou-lhe o jesuíta nesta língua. "Sim, meu Reverendo Padre", disse Cândido. Um e outro, pronunciando essas palavras, se entreolharam com uma extrema surpresa e uma emoção da qual não eram senhores. "E de que região da Alemanha o senhor é?", perguntou o jesuíta. "Da suja província da Westfália", disse Cândido, "nasci no castelo de Thunder-ten-tronckh." "Céus! Será possível?", exclamou o comandante. "Que milagre!", exclamou Cândido. "Será o senhor?", perguntou o comandante. "Isso não é possível", disse Cândido. Os dois se deixaram cair de costas, eles se abraçaram, derramaram rios de lágrimas. "Como! Será o senhor, meu Reverendo Padre? O senhor, o irmão da bela Cunegundes! O senhor, que foi morto pelos búlgaros! O senhor, o filho do senhor barão! O senhor, jesuíta no Paraguai! É preciso admitir que esse mundo é uma estranha coisa. Ó, Pangloss! Pangloss! Como ficaria satisfeito se não tivesse sido enforcado!"

O comandante mandou retirar os escravos negros e os paraguaios que serviam bebidas em copos de cristal de rocha. Agradeceu a Deus e a Santo Inácio mil vezes; apertou Cândido entre os braços; seus rostos estavam banhados em lágrimas. "O senhor ficaria muito mais espantado, muito mais comovido, muito mais fora de si", disse Cândido, "se eu lhe dissesse que a senhorita Cunegundes, sua irmã, que o senhor acredita ter sido estripada, está cheia de saúde." "Onde?" "Na vizinhança, na casa do senhor governador de Buenos Aires; e eu vinha para combater o senhor." Cada palavra que eles pronunciaram nesta longa conversa acumulava prodígio sobre prodígio. Suas almas vibravam em suas línguas, escutavam atentas em seus ouvidos e brilhavam em seus olhos. Como eram alemães, ficaram à mesa por muito tempo, à espera do reverendo padre provincial; e o comandante falou assim a seu querido Cândido.

XV. Como Cândido matou o irmão de sua querida Cunegundes

"Terei por toda a vida presente na memória o dia horrível em que vi matarem meu pai e minha mãe, e violarem minha irmã. Quando os búlgaros se retiraram, não encontraram esta irmã adorável e colocaram numa charrete minha mãe, meu pai e eu, duas criadas e três garotinhos degolados, para sermos enterrados numa capela de jesuítas, a duas léguas[1] do castelo de meus pais. Um jesuíta nos aspergiu com água benta; ela era horrivelmente salgada; algumas gotas entraram em meus olhos; o padre percebeu que minha pálpebra fazia um pequeno movimento: colocou a mão em meu coração e o sentiu palpitar; fui socorrido e, em três semanas, não se percebia mais nada. Você sabe, meu caro Cândido, que eu era muito bonito, tornei-me mais ainda; assim, o reverendo padre Croust, superior da casa, teve por mim a mais terna amizade; deu-me o hábito de noviço; algum tempo depois, fui enviado a Roma. O padre geral precisava de uma leva de jovens jesuítas alemães. Os soberanos do Paraguai recebem o mínimo que podem de jesuítas espanhóis; eles preferem os estrangeiros, dos quais se acreditam mais senhores. Fui julgado apropriado pelo reverendo padre geral para ir trabalhar nessa vinha. Partimos, um polonês, um tirolês e eu. Fui honrado, ao chegar, com o subdiaconato e um posto de tenente; sou, hoje, coronel e padre. Receberemos com vigor as tropas do rei da Espanha; digo-lhe que elas serão excomungadas e vencidas. A Providência o enviou aqui para nos auxiliar. Mas é mesmo verdade que minha querida irmã Cunegundes está na vizinhança, na casa do governador de Buenos Aires?" Cândido assegurou-lhe por juramento que nada era mais verdadeiro. As lágrimas dos dois voltaram a correr.

O barão não se cansava de abraçar Cândido; ele o chamava de seu irmão, seu salvador. "Ah!, talvez", disse ele, "possamos juntos,

---

1. Cerca de dez quilômetros.

meu caro Cândido, entrar na cidade como vencedores e recuperar minha irmã Cunegundes." "É tudo o que desejo", disse Cândido; "pois contava desposá-la, e ainda espero fazê-lo." "Seu insolente!", respondeu o barão, "cometeria o despudor de casar com minha irmã, que tem setenta e dois quartos de nobreza? É muito desaforo ousar falar-me de um desígnio tão temerário!" Cândido, petrificado com tais palavras, respondeu-lhe: "Meu Reverendo Padre, todos os quartos do mundo não adiantariam nada; tirei sua irmã dos braços de um judeu e de um inquisidor; ela tem para comigo obrigações suficientes, ela quer desposar-me. Mestre Pangloss sempre me disse que os homens são iguais e seguramente a desposarei." "É o que veremos, patife!", disse o jesuíta barão de Thunder-ten-tronckh, enquanto lhe dava um grande golpe no rosto com a parte chata de sua espada. Cândido, no mesmo instante, desembainhou a sua e enfiou-a até a guarda no ventre do barão jesuíta; no entanto, retirando-a ainda fumegante, começou a chorar: "Ai!, meu Deus", disse ele, "matei meu antigo senhor, meu amigo, meu cunhado; sou o melhor homem do mundo e eis que mato três homens; e desses três, dois eram padres".

Cacambo, que estava de sentinela à porta do abrigo de folhagens, acorreu. "Resta-nos apenas vender caro nossa vida", disse-lhe seu mestre, "sem dúvida alguém entrará aqui, há que se morrer com as armas em mãos." Cacambo, que tinha visto várias outras mortes, não perdeu a cabeça; pegou o hábito de jesuíta que o barão estava usando, colocou-o sobre o corpo de Cândido, entregou-lhe o chapéu quadrado do morto e o fez montar a cavalo. Tudo isso aconteceu num piscar de olhos. "Galopemos, meu senhor; todo mundo o tomará por um jesuíta com ordens a dar; e teremos cruzado as fronteiras antes que possam correr atrás de nós." Ele já voava ao pronunciar essas palavras, gritando em espanhol: "Abram alas, abram alas para o reverendo padre coronel".

XVI. O que se passou com os dois viajantes com duas moças, dois macacos e os selvagens chamados Orelhões

Cândido e seu criado passaram das barreiras, e ninguém no acampamento sabia ainda da morte do jesuíta alemão. O vigilante Cacambo tivera o cuidado de encher sua mala com pão, chocolate, presunto, frutas e algumas medidas de vinho. Eles penetraram com seus cavalos andaluzes numa região desconhecida, onde não encontraram nenhuma estrada. Por fim, uma bela campina entrecortada por riachos apareceu diante deles. Nossos dois viajantes fizeram os animais pastarem. Cacambo propôs ao mestre que comessem e deu o exemplo. "Como quer", dizia Cândido, "que eu coma presunto se matei o filho do senhor barão e vejo-me condenado a não rever a bela Cunegundes pelo resto da vida? De que me servirá prolongar meus miseráveis dias, visto que devo arrastá-los longe dela em meio ao remorso e ao desespero? E o que dirá o *Journal de Trévoux*?"[1]

Falando assim, ele não deixava de comer. O sol se punha. Os dois extraviados ouviram alguns gritinhos que pareciam de mulheres. Eles não sabiam se aqueles gritos eram de dor ou alegria; mas levantaram-se precipitadamente com a inquietude e o alarme que tudo em uma região desconhecida inspira. Esses clamores partiam de duas moças despidas que corriam delicadamente à beira da campina, enquanto dois macacos seguiam-nas mordendo suas nádegas. Cândido foi tocado de piedade; ele havia aprendido a atirar com os búlgaros e teria acertado uma avelã num arbusto sem tocar nas folhas. Ele pegou seu fuzil espanhol de dois canos, atirou e matou os dois macacos. "Deus seja louvado, meu caro Cacambo! Livrei de um grande perigo essas duas pobres criaturas; se cometi um pecado ao matar um inquisidor e um jesuíta, reparei-o ao salvar a vida de duas moças. Quem sabe sejam duas senhoritas de

---

1. O *Journal de Trévoux* era um periódico acadêmico jesuíta que atacava Voltaire.

condição e essa aventura talvez possa nos trazer enormes vantagens na região."

Ele ia continuar, mas sua língua ficou paralisada ao ver as duas moças abraçando ternamente os dois macacos, caindo em prantos sobre seus corpos e enchendo o ar com gritos de dor. "Não esperava tanta bondade de alma", disse ele por fim a Cacambo, que replicou: "O senhor fez aí uma bela obra-prima, mestre; matou os dois amantes dessas senhoritas". "Os amantes? Será possível? Você está zombando de mim, Cacambo, como acreditar nisso?" "Meu caro mestre", retomou Cacambo, "o senhor sempre se espanta com tudo; por que acha tão estranho que em algum país haja macacos que obtenham as boas graças das damas? Eles são quartos de homens, assim como eu sou um quarto espanhol." "Ai de mim!", retomou Cândido, "lembro-me de ter ouvido o mestre Pangloss dizer de acidentes como esse acontecerem antigamente, e de essas misturas produzirem egipãs, faunos, sátiros, que vários grandes personagens da antiguidade tinham visto; mas tomava aquilo por fábulas." "O senhor deve se convencer agora", disse Cacambo, "de que eram de verdade, e veja como os utilizam as pessoas que não receberam certa educação; só espero que essas damas não nos causem nenhum problema."

Essas sólidas reflexões exortaram Cândido a deixar a campina e a adentrar num bosque, onde jantou com Cacambo. Depois de amaldiçoarem o inquisidor de Portugal, o governador de Buenos Aires e o barão, os dois adormeceram sobre o musgo. Ao acordar, sentiram que não podiam se mexer; o motivo era que, durante a noite, os Orelhões,[2] habitantes da região, a quem as duas damas os haviam denunciado, tinham-nos garroteado com cordas de casca de árvore. Eles estavam cercados por uns cinquenta Orelhões completamente nus, armados de flechas, clavas e machados de pedra: alguns faziam ferver um grande caldeirão, outros preparavam espetos e todos gritavam "É um

---

2. Nome dado pelos espanhóis aos índios xaraiés (etnia hoje extinta) do alto Paraguai, que teriam as orelhas deformadas pelo uso de ornamentos pesados. Os jesuítas que viviam na região incluíram em sua cartografia uma mítica Lagoa dos Xaraiés e lhe acrescentaram uma Ilha dos Orelhões. Ao que tudo indica, tratou-se de uma interpretação errônea das cheias da região do Pantanal.

jesuíta, é um jesuíta! Seremos vingados e faremos uma boa refeição; vamos comer jesuíta, comer jesuíta!".

"Eu bem que tinha dito, meu caro mestre", exclamou tristemente Cacambo, "que essas duas moças nos trariam problemas." Cândido, avistando o caldeirão e os espetos, exclamou: "Sem dúvida seremos assados ou escaldados. Ah! O que diria mestre Pangloss se visse como a pura natureza é feita? Tudo está bem; seja, mas confesso que é bastante cruel ter perdido a senhorita Cunegundes e ser colocado num espeto pelos Orelhões". Cacambo nunca perdia a cabeça. "Não desespere de nada", ele disse ao desolado Cândido; "entendo um pouco o jargão desse povo, vou falar com eles." "Não deixe", disse Cândido, "de mostrar-lhes que cozinhar homens é uma desumanidade atroz, e como isso é pouco cristão."

"Senhores", disse Cacambo, "vocês esperam, então, comer um jesuíta hoje: isso é muito bom, nada mais justo do que tratar assim seus inimigos. De fato, o direito natural nos ensina a matar o próximo, e é assim que se age em toda a terra. Se não fazemos uso do direito de comê-lo, é porque temos aliás com o que fazer uma boa refeição; mas vocês não têm os mesmos recursos que nós; certamente é melhor comer os inimigos do que abandonar aos corvos e gralhas o fruto de sua vitória. No entanto, senhores, vocês não gostariam de comer os amigos. Pensam estar prestes a colocar um jesuíta no espeto, mas é seu defensor, o inimigo de seus inimigos, que vocês estão prestes a assar. Quanto a mim, nasci em seu país; o senhor que estão vendo é meu mestre e, longe de ser um jesuíta, acaba de matar um deles, está vestindo seus despojos: eis o motivo do mal-entendido. Para verificar o que estou dizendo, peguem sua batina, levem-na à primeira barreira do reino de Los Padres; informem-se se meu mestre não matou um oficial jesuíta. Levarão pouco tempo; sempre poderão nos comer se acharem que menti. Mas, se eu disse a verdade, vocês conhecem muito bem os princípios do direito público, os costumes e as leis, para não nos darem sua graça."

Os Orelhões acharam essas palavras muito sensatas; enviaram dois notáveis para ir em diligência informar-se sobre a verdade; os dois enviados cumpriram sua missão como pessoas de espírito e logo voltaram para trazer as boas-novas. Os Orelhões desamarraram os dois prisioneiros, fizeram-lhes todo tipo de agrados, ofereceram moças, deram refrescos e os reconduziram aos confins de seus Estados, gritando com alegria: "Ele não é jesuíta, ele não é jesuíta!".

Cândido não se cansava de admirar o motivo de sua libertação. "Que povo!", dizia ele, "que homens!, que costumes! Se eu não tivesse tido a felicidade de dar a boa espadada que atravessou o corpo do irmão da senhorita Cunegundes, seria comido sem remissão. Mas, no fim das contas, a pura natureza é boa, pois estas pessoas, em vez de me comerem, prestaram-me mil honrarias assim que souberam que eu não era jesuíta."

XVII. Chegada de Cândido e de seu pajem ao país do Eldorado, e o que eles viram ali

Quando chegaram à fronteira dos Orelhões, Cacambo disse a Cândido: "O senhor vê que este hemisfério não vale mais do que o outro: acredite-me, voltemos para a Europa pelo caminho mais curto". "Como voltar?", perguntou Cândido, "e para onde ir? Se vou para meu país, os búlgaros e os ávaros degolam tudo; se volto a Portugal, sou queimado; se ficamos neste país, corremos o risco a todo momento de ir parar num espeto. Mas como decidir-se por deixar a parte do mundo em que a senhorita Cunegundes vive?" "Voltemo-nos para Caiena", disse Cacambo, "lá encontraremos franceses que viajam para o mundo todo; eles poderão nos ajudar. Deus talvez tenha piedade de nós."

Não era fácil ir para Caiena: eles sabiam mais ou menos para que lado deviam caminhar; mas montanhas, rios, precipícios, bandidos e selvagens eram, por toda parte, terríveis obstáculos. Os cavalos morreram de fadiga; as provisões foram consumidas; eles se alimentaram por um mês inteiro de frutas selvagens e se viram, por fim, junto a um pequeno rio margeado por coqueiros, que mantiveram sua vida e sua esperança.

Cacambo, que sempre dava tão bons conselhos quanto os da velha, disse a Cândido: "Não aguentamos mais, caminhamos demais; vejo uma canoa vazia à margem, vamos enchê-la de cocos e subir nesta pequena embarcação, deixando-nos levar pela correnteza; um rio sempre leva a algum lugar habitado. Se não encontrarmos coisas agradáveis, ao menos encontraremos coisas novas". "Vamos", disse Cândido, "recomendemo-nos à Providência."

Eles navegaram algumas léguas entre margens ora floridas, ora áridas, ora planas, ora escarpadas. O rio se alargava sempre; por fim, perdia-se sob uma abóbada de rochas assustadoras que se elevavam até o céu. Os dois viajantes tiveram a ousadia de se deixar levar sob essa abóbada. O rio, estreitando-se nesse local, levou-os em grande velocidade e sob um barulho horrível. Depois de vinte e quatro horas eles voltaram a ver a luz; mas a canoa despedaçou-se contra os rochedos; foi preciso arrastar-se de rochedo em rochedo por uma légua inteira;[1] por fim, avistaram um horizonte imenso, ladeado por montanhas inacessíveis. A região era cultivada tanto por prazer quanto por necessidade; por toda parte o útil era agradável. Os caminhos estavam cobertos, ou melhor, ornados de veículos de uma forma e de uma matéria brilhante, levando homens e mulheres de uma beleza singular, puxados rapidamente por grandes carneiros ruivos que superavam em velocidade os mais belos cavalos da Andaluzia, de Tetuán e de Mequinez.

"Eis, então", disse Cândido, "um país que vale mais que a Westfália." Ele parou com Cacambo na primeira aldeia que encontrou. Algumas crianças da aldeia, cobertas de brocados de ouro bastante rasgados, jogavam malha na entrada do burgo; nossos dois homens do outro mundo se divertiram a contemplá-las: as malhas que elas usavam eram peças redondas bem grandes, amarelas, vermelhas, verdes, e tinham um brilho peculiar. Os viajantes sentiram vontade de apanhar algumas; eram de ouro, esmeraldas, rubis, dos quais o menor teria sido o maior ornamento do trono do Mogol.[2] "Sem dúvida", disse Cacambo, "essas crianças são filhas do rei do país e estão jogando malha." O professor da aldeia apareceu nesse momento para fazê-las voltar à escola. "Aí está", disse Cândido, "o preceptor da família real."

Os pequenos maltrapilhos abandonaram imediatamente o jogo, deixando no chão suas pedrinhas e tudo o que havia servido à brincadeira. Cândido apanhou-as, correu até o preceptor e humildemente as devolveu, fazendo-o entender por meio de gestos que Suas Altezas Reais haviam esquecido seu ouro e suas pedrarias. O professor da aldeia, sorrindo, atirou-as no chão, encarou Cândido por um momento com muita surpresa e seguiu seu caminho.

Os viajantes não deixaram de juntar o ouro, os rubis e as esmeraldas. "Onde estamos?", exclamou Cândido; "os filhos dos reis deste país devem ser bem educados, pois ensinam-lhes a desprezar o

---

1. Cerca de cinco quilômetros.
2. O grão-mogol ou imperador das Índias era o soberano do Império Mogol, que dominou quase todo o subcontinente indiano entre 1526 e 1857.

ouro e as pedrarias." Cacambo estava tão surpreso quanto Cândido. Eles enfim se aproximaram da primeira casa da aldeia; era construída como um palácio europeu. Uma multidão se amontoava à porta, e mais ainda dentro da habitação. Uma música muito agradável se fazia ouvir e um cheiro delicioso de comida se fazia sentir. Cacambo se aproximou da porta e ouviu que se falava peruano; era sua língua materna: pois todo mundo sabe que Cacambo havia nascido em Tucumã, numa aldeia onde só se falava essa língua. "Servirei de intérprete", ele disse a Cândido; "entremos, isto é uma taberna."

Imediatamente, dois rapazes e duas moças do albergue, vestidos com tecidos de ouro, os cabelos presos com fitas, convidaram-nos a se pôr à mesa de hóspedes. Serviram quatro sopas, cada uma guarnecida com dois papagaios, um condor ensopado que pesava duzentas libras,[3] dois macacos assados de gosto excelente, trezentos colibris num prato e seiscentos beija-flores em outro; guisados deliciosos, bolos deliciosos; tudo em pratos de uma espécie de cristal de rocha. Os rapazes e as moças do albergue serviam vários licores feitos de cana-de-açúcar.

Os convivas eram na maioria vendedores e transportadores de produtos, todos de uma extrema cortesia, que fizeram algumas perguntas a Cacambo com a mais circunspecta discrição e que responderam às dele de modo a satisfazê-lo.

Quando a refeição foi terminada, Cacambo acreditou, assim como Cândido, pagar sua parte adequadamente lançando sobre a mesa de hóspedes duas das grandes moedas de ouro que eles haviam juntado; o rapaz e a moça puseram-se a gargalhar, segurando a barriga de tanto rir por um bom tempo. Por fim, se recompuseram: "Senhores", disse o atendente, "bem vemos que são estrangeiros; não estamos acostumados a vê-los. Perdoem-nos se começamos a rir quando nos ofereceram em pagamento o cascalho da estrada. Vocês por certo não têm a moeda do país, mas não é necessário tê-la para almoçar aqui. Todos os albergues construídos para a comodidade do comércio são pagos pelo governo. Os senhores não comeram bem aqui porque é uma aldeia pobre, mas em toda parte alhures serão

---

3. Cerca de 90 quilos.

recebidos como merecem". Cacambo explicava a Cândido todas as palavras do atendente e Cândido escutava com a mesma admiração e a mesma perturbação com que seu amigo Cacambo as repetia. "Mas que país é este", eles diziam um ao outro, "desconhecido por todo o resto da terra e onde toda a natureza é de uma espécie tão diferente da nossa? É provável que seja o país onde tudo vai bem, pois é absolutamente necessário que haja um desta espécie. E, apesar do que dizia mestre Pangloss, com frequência percebi que tudo ia bastante mal na Westfália."

XVIII. O que eles viram no país do Eldorado

Cacambo revelou ao atendente toda a sua curiosidade; o atendente lhe disse: "Sou muito ignorante e estou bem com isso; mas temos aqui um ancião que se retirou da corte, ele é o homem mais sábio do reino e o mais comunicativo". Imediatamente, ele levou Cacambo à casa do ancião. Cândido desempenhava apenas o papel coadjuvante e acompanhava seu criado. Eles entraram numa casa muito simples, pois a porta era apenas de prata e os revestimentos dos aposentos eram apenas de ouro, mas trabalhados com tanto gosto que os mais ricos revestimentos não o suplantavam. A antessala era, na verdade, incrustada apenas com rubis e esmeraldas; mas a ordem em que tudo estava disposto compensava bem essa extrema simplicidade.

O ancião recebeu os dois estrangeiros num sofá estofado com plumas de colibri e mandou oferecer licores em taças de diamante; depois, satisfez a curiosidade deles com as seguintes palavras:

"Tenho cento e setenta e dois anos e tomei conhecimento por meu falecido pai, escudeiro do rei, das espantosas revoluções do Peru, de que ele havia sido testemunha. O reino onde estamos é a antiga pátria dos incas, que daqui saíram mui imprudentemente para subjugar uma parte do mundo e que por fim foram destruídos pelos espanhóis. Os príncipes de suas famílias que permaneceram no país natal foram mais sábios; ordenaram, com o consentimento da nação, que nenhum habitante jamais saísse de nosso pequeno reino; e foi o que conservou nossa inocência e nossa felicidade. Os espanhóis têm um conhecimento confuso deste país, que chamaram de Eldorado, e um inglês, chamado cavaleiro Raleigh, chegou mesmo a se aproximar dele há cerca de cem anos; no entanto, como estamos cercados de rochedos intransponíveis e precipícios, continuamos até o momento ao abrigo da rapacidade das nações da Europa, que têm um furor inconcebível pelo cascalho e pela lama de nossa terra, e que, para tê-los, matariam até o último dos nossos."

A conversa foi longa; ela versou sobre a forma do governo, sobre os costumes, sobre as mulheres, sobre os espetáculos públicos, sobre as artes. Por fim, Cândido, que ainda tinha gosto pela metafísica, perguntou por Cacambo se no país havia alguma religião.

O ancião enrubesceu um pouco. "Mas como o senhor pode duvidar?", perguntou. "Está nos tomando por ingratos?" Cacambo perguntou humildemente qual era a religião do Eldorado. O ancião voltou a enrubescer. "Por acaso pode haver duas religiões?", disse ele. "Temos, creio, a religião de todo o mundo: adoramos a Deus da noite ao amanhecer." "Vocês adoram a um único Deus?", perguntou Cacambo, que servia de intérprete às dúvidas de Cândido. "Aparentemente", respondeu o ancião, "pois não há nem dois, nem três, nem quatro. Confesso que as pessoas de seu mundo fazem perguntas bem singulares." Cândido não se cansava de interrogar o bom ancião; ele queria saber como se rogava a Deus no Eldorado. "Não lhe rogamos nada", disse o bom e respeitável sábio; "não temos nada a pedir; ele nos deu tudo de que precisamos; agradecemos-lhe sem parar." Cândido teve a curiosidade de ver os sacerdotes; mandou perguntar onde estavam. O bom ancião sorriu. "Meus amigos", disse ele, "todos nós somos sacerdotes; o rei e todos os chefes de família entoam cânticos de ação de graças solenemente todas as manhãs; e cinco ou seis mil músicos os acompanham." "Como! Vocês não têm monges que ensinam, disputam, governam, intrigam e que queimam as pessoas que não têm a mesma opinião que eles?" "Seria preciso que fôssemos loucos", disse o ancião; "todos aqui têm a mesma opinião, não entendemos o que vocês querem dizer com seus monges." Cândido, ouvindo todas essas palavras, estava em êxtase e dizia consigo mesmo: "Isto é muito diferente da Westfália e do castelo do senhor barão; se nosso amigo Pangloss tivesse visto o Eldorado, não diria mais que o castelo de Thunder-ten-tronckh era o que de melhor havia sobre a terra; é certo que se deve viajar".

Depois dessa longa conversa, o bom ancião mandou atrelar uma carruagem a seis carneiros e deu doze de seus criados aos dois viajantes para conduzi-los à corte: "Desculpem-me", ele disse, "se minha idade me priva da honra de acompanhá-los. O rei os receberá de uma maneira que não lhes desagradará, e vocês sem dúvida perdoarão os usos do país se houver alguns de que desgostem".

Cândido e Cacambo subiram na carroça; os seis carneiros voaram e, em menos de quatro horas, chegaram ao palácio do rei, situado num dos extremos da capital. O portão tinha duzentos e vinte pés de altura e cem de largura;[1] é impossível expressar de que material era feito. Via-se que superioridade prodigiosa ele devia ter sobre o cascalho e sobre a areia que nós chamamos de *ouro* e *pedrarias*.

Vinte belas moças da guarda receberam Cândido e Cacambo ao descerem da carruagem, conduziram-nos aos banhos, vestiram-nos com roupas de um tecido de penugem de colibri; depois disso, os grandes e as grandes oficiais da coroa conduziram-nos aos aposentos de Sua Majestade, por entre duas fileiras, cada uma com mil músicos, segundo o uso comum. Quando se aproximaram da sala do trono, Cacambo perguntou a um grande oficial como devia fazer para cumprimentar Sua Majestade: se devia jogar-se de joelhos ou barriga no chão; se devia colocar as mãos na cabeça ou no traseiro; se devia lamber a poeira da sala; em uma palavra, como era o cerimonial. "O uso", disse o grande oficial, "é abraçar o rei e beijá-lo dos dois lados." Cândido e Cacambo saltaram ao pescoço de Sua Majestade, que os recebeu com toda a graça imaginável e convidou-os cortesmente para jantar.

Enquanto esperavam, fizeram-lhes ver a cidade, os edifícios públicos erguidos até as nuvens, os mercados ornados de mil colunas, as fontes de água pura, as fontes de água rosa, as de licor de cana-de-açúcar, que corriam continuamente nas grandes praças, pavimentadas com uma espécie de pedraria que exalava um cheiro semelhante ao do cravo e da canela. Cândido pediu para ver o palácio da justiça, o parlamento; disseram-lhe que não existiam e que nunca se pleiteava nada. Ele perguntou se havia prisões e responderam-lhe que não. O que mais o surpreendeu e mais lhe deu prazer foi o palácio das ciências, no qual viu uma galeria de dois mil passos, toda cheia de instrumentos de matemática e física.

Depois de terem percorrido, durante toda a tarde, cerca da milésima parte da cidade, foram levados de volta ao rei. Cândido se pôs à mesa entre Sua Majestade, seu criado Cacambo e várias damas. Nunca se fez refeição melhor e nunca houve mais espírito ao jantar do que em companhia de Sua Majestade. Cacambo explicava a Cândido

---

1. Cerca de setenta metros de altura e trinta metros de largura.

as palavras espirituosas do rei, que apesar de traduzidas permaneciam espirituosas. De tudo o que surpreendia Cândido, isso não foi o que menos o surpreendeu.

Passaram um mês ali hospedados. Cândido não cessava de dizer a Cacambo: "É verdade, meu amigo, mais uma vez, que o castelo onde nasci não vale o país onde estamos; mas, enfim, a senhorita Cunegundes não está aqui, e você sem dúvida tem alguma amante na Europa. Se ficarmos aqui, seremos apenas como os outros; ao passo que, se voltarmos para nosso mundo com apenas doze carneiros carregados de cascalho do Eldorado, seremos mais ricos do que todos os reis juntos, não teremos mais inquisidores a temer e poderemos recuperar com facilidade a senhorita Cunegundes".

Essas palavras agradaram a Cacambo: gostamos tanto de correr, de sermos valorizados entre os nossos, de alardearmos o que vimos em nossas viagens, que os dois fortunados decidiram deixar de sê-lo e se despediram de Sua Majestade.

"Estão fazendo uma tolice", disse-lhes o rei; "sei bem que meu país é pouca coisa; mas, quando se está passavelmente bem em algum lugar, deve-se permanecer nele; seguramente não tenho o direito de reter estrangeiros; seria uma tirania que não existe nem em nossos costumes, nem em nossas leis: todos os homens são livres; partam quando quiserem, mas a saída é bastante difícil. É impossível subir o rio veloz pelo qual aqui chegaram por milagre e que corre sob rochedos em abóbada. As montanhas que cercam todo o meu reino têm dez mil pés[2] de altura e são retas como muralhas; cada uma ocupa, em largura, um espaço de mais de dez léguas;[3] só se pode descer pelos precipícios. No entanto, já que vocês querem absolutamente ir embora, vou ordenar aos intendentes das máquinas que façam uma que possa transportá-los com conforto. Depois que forem conduzidos à encosta das montanhas, ninguém poderá acompanhá-los; pois meus súditos fizeram o voto de nunca sair de seus limites e são sensatos demais para quebrá-lo. Peçam-me, aliás, tudo o que for de seu agrado." "Pedimos a Vossa Majestade", disse

---

2. Cerca de três quilômetros.
3. Cerca de 50 quilômetros.

Cacambo, "apenas alguns carneiros carregados de víveres, cascalho e lama do país." O rei riu. "Não entendo", disse ele, "o gosto que sua gente da Europa tem por nossa lama amarela; mas levem quanto quiserem, e bom proveito."

Ele deu ordens imediatamente para que seus engenheiros fizessem uma máquina para içar esses dois homens extraordinários para fora do reino. Três mil bons físicos nela trabalharam; ficou pronta ao cabo de quinze dias e não custou mais de vinte milhões de libras esterlinas, moeda do país. Colocaram sobre a máquina Cândido e Cacambo; havia dois grandes carneiros ruivos com selas e rédeas para servir-lhes de montaria depois que tivessem cruzado as montanhas, vinte carneiros de carga abarrotados de víveres, trinta que levavam presentes daquilo que o país tinha de mais curioso e cinquenta carregados de ouro, pedrarias e diamantes. O rei abraçou ternamente os dois peregrinos.

Foi um belo espetáculo a partida dos dois e a maneira engenhosa como foram içados, junto com os carneiros, para o alto das montanhas. Os físicos se despediram deles depois de deixá-los em segurança e Cândido não teve outro desejo e outro objetivo que o de presentear a senhorita Cunegundes com seus carneiros. "Temos", ele disse, "o suficiente para pagar o governador de Buenos Aires, se à senhorita Cunegundes puder ser dado um preço. Marchemos até Caiena, embarquemos e a seguir veremos que reino poderemos comprar."

XIX. O que lhes aconteceu no Suriname e como Cândido conheceu Martim

O primeiro dia de nossos dois viajantes foi bastante agradável. Estavam encorajados pela ideia de se verem possuidores de mais tesouros que a Ásia, a Europa e a África podiam reunir. Cândido, enlevado, escreveu o nome de Cunegundes nas árvores. No segundo dia, dois carneiros atolaram nos pântanos e foram perdidos com suas cargas; dois outros carneiros morreram de cansaço alguns dias depois; sete ou oito pereceram a seguir, de fome num deserto; outros caíram nos precipícios ao cabo de alguns dias. Por fim, depois de cem dias de marcha, restaram-lhes apenas dois carneiros. Cândido disse a Cacambo: "Meu amigo, veja você como as riquezas desse mundo são perecíveis; não há nada mais sólido que a virtude e a felicidade de rever a senhorita Cunegundes". "Concordo", disse Cacambo; "mas ainda nos restam dois carneiros com mais tesouros do que o rei da Espanha jamais terá, e vejo ao longe uma cidade que imagino ser o Suriname, que pertence aos holandeses. Chegamos ao fim de nossos infortúnios e ao início de nossa felicidade."

Perto da cidade, eles encontraram um negro estendido no chão, tendo apenas a metade de sua roupa, isto é, um calção de lona azul; faltavam a esse pobre homem a perna esquerda e a mão direita. "Eh, meu Deus!", disse-lhe Cândido em holandês, "o que está fazendo aqui, meu amigo, no estado horrível em que o vejo?" "Espero meu mestre, o senhor Vanderdendur, o famoso negociante", respondeu o negro. "Foi o senhor Vanderdendur", perguntou Cândido, "que o tratou assim?" "Sim, senhor", disse o negro, "é o costume. Dão-nos um calção de lona como única vestimenta, duas vezes ao ano. Quando trabalhamos nos engenhos de açúcar e a mó nos pega o dedo, cortam-nos a mão; quando tentamos fugir, cortam-nos a perna: vi-me nos dois casos. É a esse preço que vocês comem açúcar na Europa. No entanto, quando minha mãe me vendeu por dez escudos patagões na costa da Guiné, ela me disse: 'Meu querido filho, bendiga nossos fetiches, adore-os sempre, eles o farão viver feliz, você tem a honra de ser escravo de nossos senhores brancos e, com isso, faz a fortuna de seu pai e de sua mãe'. Ai de mim!, não sei se fiz a fortuna deles, mas eles não fizeram a minha. Os cães, os macacos e os papagaios são mil vezes menos infelizes que nós. Os fetiches holandeses que me converteram dizem-me todos os domingos que todos somos filhos de Adão, brancos e negros. Não sou genealogista; mas, se esses pregadores dizem a verdade, somos todos primos. Ora, o senhor precisa admitir que não se pode tratar os parentes de maneira mais horrível."

"Ó Pangloss!", exclamou Cândido, "você não tinha previsto esta abominação; acabou-se, será preciso enfim que eu renuncie a seu otimismo." "O que é otimismo?", perguntou Cacambo. "Ai!", disse Cândido, "é a loucura de afirmar que tudo está bem quando se está mal." E vertue lágrimas olhando para o negro e, chorando, entrou no Suriname.

A primeira coisa sobre a qual eles se informaram foi se não havia no porto algum navio que pudesse ser enviado a Buenos Aires. Aquele a quem se dirigiram era justamente um comandante espanhol, que se ofereceu para fazer com eles um negócio honesto. Marcou encontro com eles numa taberna. Cândido e o fiel Cacambo foram esperá-lo com seus dois carneiros.

Cândido, que tinha o coração nos lábios, contou ao espanhol todas as suas aventuras e confessou-lhe que queria raptar a senhorita Cunegundes. "Então evitarei levá-lo a Buenos Aires", disse o comandante; "eu seria enforcado, e o senhor também. A bela Cunegundes é a amante preferida de monsenhor." Foi um golpe duro para Cândido; ele chorou por um bom tempo; por fim, puxou Cacambo para o lado: "Eis, meu caro amigo, o que você precisa fazer", disse-lhe. "Cada um de nós tem nos bolsos o equivalente a cinco ou seis milhões em diamantes. Você é mais hábil que eu; vá buscar a senhorita Cunegundes em Buenos Aires. Se o governador criar algum empecilho, dê-lhe um milhão; se ele não se render, dê-lhe dois; você não matou nenhum inquisidor, ninguém desconfiará de você. Equiparei outro navio; irei esperá-lo em Veneza; é um país livre, onde nada temos a temer dos búlgaros, nem dos ávaros, nem dos judeus, nem dos inquisidores." Cacambo aplaudiu esta sábia decisão. Ele estava desesperado por separar-se de um bom mestre, que se tornara seu amigo íntimo; mas o prazer de ser-lhe útil triunfou sobre a dor de abandoná-lo. Eles se abraçaram aos prantos. Cândido recomendou--lhe que não esquecesse a boa velha. Cacambo partiu no mesmo dia: era um homem muito bom esse Cacambo.

Cândido ficou mais algum tempo no Suriname à espera de que outro comandante aceitasse levá-lo para a Itália, ele e os dois carneiros que lhe restavam. Escolheu criados e comprou tudo o que lhe era necessário para uma longa viagem; por fim, o senhor Vanderdendur, dono de um grande navio, veio se apresentar a ele. "Quanto o senhor quer", ele perguntou àquele homem, "para me levar diretamente a Veneza, eu, meus criados, minha bagagem e os dois carneiros que aqui estão?" O comandante concordou em dez mil piastras.[1] Cândido não hesitou.

"Oh! Oh!", disse para si mesmo o prudente Vanderdendur, "o estrangeiro dá dez mil piastras de uma só vez! Deve ser muito rico." Então, voltando no instante seguinte, afirmou que não poderia partir por menos de vinte mil. "Muito bem! O senhor as terá", disse Cândido. "Ora!", murmurou consigo mesmo o mercador, "esse homem dá vinte mil piastras com tanta facilidade quanto se fossem dez mil."

Voltou mais uma vez e disse que não podia conduzi-lo a Veneza por menos de trinta mil piastras. "O senhor terá então trinta mil", respondeu Cândido. "Oh! Oh!", pensou de novo o mercador holandês, "trinta mil piastras não custam nada para este homem; sem dúvida os dois carneiros carregam tesouros imensos; não insistamos mais: façamos com que pague primeiro as trinta mil piastras, depois veremos."

Cândido vendeu dois pequenos diamantes, dos quais o menor valia mais que todo o dinheiro pedido pelo comandante. Ele o pagou antecipadamente. Os dois carneiros foram embarcados. Cândido seguia numa pequena embarcação para alcançar o navio na baía; o comandante escolheu o momento favorável, içou as velas e soltou as amarras; o vento o favoreceu. Cândido, perplexo e estupefato, logo o perdeu de vista. "Ai de mim!", gritou, "eis um golpe digno do mundo

---

1. Moeda de prata espanhola.

antigo." Ele voltou à margem, mergulhado em dor; pois, afinal, havia perdido o suficiente para fazer a fortuna de vinte monarcas.

Ele seguiu até a casa do juiz holandês; e, como estava um pouco perturbado, bateu rudemente à porta; ele entrou, expôs sua desventura e gritou um pouco mais alto do que convinha. O juiz começou fazendo-o pagar dez mil piastras pelo barulho que havia feito. Depois, ouviu-o pacientemente, prometeu examinar seu caso assim que o mercador voltasse e o fez pagar outras dez mil piastras pelos custos da audiência.

Esse procedimento acabou de desesperar Cândido; ele tinha, na verdade, passado por infortúnios mil vezes mais dolorosos; mas o sangue-frio do juiz e do comandante que o roubara inflamara sua bile e o mergulhara numa negra melancolia. A maldade dos homens se apresentava a seu espírito em toda a sua fealdade; ele só se alimentava de ideias tristes. Por fim, estando um navio francês a ponto de partir para Bordeaux, como ele não tinha mais carneiros carregados de diamantes a embarcar, alugou uma cabine do navio a preço justo e comunicou na cidade que pagaria a passagem, a alimentação e daria duas mil piastras a um homem honesto que quisesse fazer a viagem com ele, desde que esse homem fosse o mais desgostoso de sua condição e o mais infeliz da província.

Apresentou-se uma multidão de pretendentes que frota nenhuma poderia conter. Cândido, querendo escolher entre os mais notáveis, distinguiu umas vinte pessoas que lhe pareceram sociáveis e que, todas, afirmavam merecer a preferência. Reuniu-as em seu albergue, deu-lhes de comer, desde que cada uma jurasse contar fielmente sua história, prometendo escolher aquela que lhe parecesse a mais digna de queixa e a mais descontente de sua condição com os melhores motivos, e dar às demais algumas gratificações.

A sessão se estendeu até as quatro horas da manhã. Cândido, ouvindo todas as aventuras, relembrava o que a velha dissera na viagem para Buenos Aires e da aposta que ela fizera, de que não havia ninguém no navio a quem não tivessem acontecido enormes desgraças. Ele pensava em Pangloss a cada aventura que lhe contavam. "Pangloss teria bastante dificuldade", dizia ele, "para demonstrar seu sistema. Gostaria que ele estivesse aqui. Certamente, se tudo vai bem, é no Eldorado e não no resto do mundo." Por fim, decidiu-se por um pobre sábio que havia trabalhado durante dez anos para os livreiros de Amsterdã. Julgou que não havia ofício no mundo de que se pudesse ser mais desgostoso.

Esse sábio, que aliás era um bom homem, havia sido roubado pela esposa, espancado pelo filho e abandonado pela filha, que se deixara levar por um português. Ele acabara de ser privado de um pequeno emprego do qual sobrevivia; e os predicadores do Suriname o perseguiam porque o tomavam por um sociniano.[2] É preciso admitir que os outros eram no mínimo tão infelizes quanto ele; mas Cândido esperava que o sábio o distraísse durante a viagem. Todos os outros concorrentes acharam que Cândido lhes fazia uma grande injustiça; mas ele acalmou os ânimos dando a cada um cem piastras.

---

2. Discípulo de Socino, reformador do século XVI. Essa corrente protestante radical preconizava uma interpretação estritamente racional das Escrituras, recusando sobretudo o dogma da Santíssima Trindade.

XX. O que aconteceu no mar a Cândido e a Martim

O velho sábio, que se chamava Martim, embarcou então para Bordeaux junto com Cândido. Um e outro tinham visto muito e sofrido muito; e, enquanto o navio içasse velas do Suriname ao Japão pelo cabo da Boa Esperança, eles teriam de que conversar sobre o mal moral e o mal físico por toda a viagem.

No entanto, Cândido tinha uma grande vantagem sobre Martim, pois ainda esperava rever a senhorita Cunegundes e Martim não esperava nada; além disso, ele tinha ouro e diamantes; e, apesar de ter perdido cem grandes carneiros ruivos carregados com os maiores tesouros da terra, apesar de ainda levar no coração a canalhice do comandante holandês, mesmo assim, quando pensava no que lhe restava nos bolsos e quando falava de Cunegundes, principalmente ao fim da refeição, inclinava-se então para o sistema de Pangloss.

"Mas e o senhor, Martim", perguntou ele ao sábio, "o que pensa de tudo isso? Qual sua ideia sobre o mal moral e o mal físico?" "Senhor", respondeu Martim, "meus pregadores acusaram-me de ser sociniano; mas a verdade é que sou maniqueísta."[1] "Está zombando de mim", disse Cândido, "não há mais maniqueístas no mundo." "Tem eu", disse Martim; "não sei o que fazer, mas não consigo pensar de outro modo." "O senhor deve ter o diabo no corpo", disse Cândido. "Ele se ocupa tanto das coisas desse mundo", disse Martim, "que bem poderia estar em meu corpo, como por toda parte; mas confesso que, ao lançar um olhar sobre o globo, ou melhor, sobre esse glóbulo, penso que Deus o abandonou a algum ser maléfico; excetuo o Eldorado. Nunca vi cidade que não desejasse a ruína da cidade vizinha, família que não quisesse exterminar alguma outra família. Em toda parte os fracos execram os poderosos diante dos quais rastejam, e os poderosos tratam-nos como rebanhos dos quais vendessem

---

[1]. O maniqueísmo foi uma doutrina herética que se baseava na oposição de dois princípios (o bem e o mal) para explicar o universo.

a lã e a carne. Um milhão de assassinos arregimentados, correndo de um canto a outro da Europa, exerce o assassínio e o banditismo com disciplina para ganhar seu pão, porque não há ofício mais honesto; e nas cidades que parecem gozar da paz e onde as artes florescem, os homens são devorados por mais cobiça, cuidados e inquietações do que uma cidade sitiada recebe de flagelos. As tristezas secretas são ainda mais cruéis do que as misérias públicas. Em uma palavra, vi tanto, vivi tanto, que sou maniqueísta." "Mas o bem existe", replicou Cândido. "Pode ser", disse Martim, "mas não o conheço."

No meio dessa discussão, ouviu-se um barulho de canhão. O barulho redobrava a cada momento. Cada um pegou sua luneta. Avistaram dois navios que combatiam a uma distância de cerca de três milhas;[2] o vento os trouxe para tão perto do navio francês que tiveram o prazer de ver o combate totalmente à vontade. Por fim, um dos navios lançou ao outro uma canhonada tão baixa e tão certeira que o fez naufragar. Cândido e Martim perceberam distintamente uma centena de homens no convés do navio que afundava; todos erguiam as mãos ao céu e soltavam gritos assustadores; num instante tudo foi engolido.

"Pois bem!", disse Martim, "é assim que os homens tratam uns aos outros." "É verdade", disse Cândido, "que há algo de diabólico no ocorrido." Falando assim, avistou alguma coisa de um vermelho vivo nadando perto do navio. O bote foi desatado para verem o que podia ser; era um de seus carneiros. Cândido sentiu mais alegria por reencontrar esse carneiro do que se afligira ao perder todos os cem carregados de grandes diamantes do Eldorado.

O capitão francês logo viu que o capitão do navio emerso era espanhol e que o do navio submerso era um pirata holandês; era o mesmo que havia roubado Cândido. As imensas riquezas de que aquele celerado se apossara foram engolidas junto com ele pelo mar, somente um carneiro se salvou. "Veja você", disse Cândido a Martim, "como o crime às vezes é punido; o patife do comandante holandês teve o destino que merecia." "Sim", disse Martim, "mas era preciso

---

2. Cerca de cinco quilômetros.

que os passageiros que estavam a bordo perecessem também? Deus puniu o bandido, o diabo afogou os demais."

Enquanto isso, o navio francês e o espanhol continuaram suas rotas, e Cândido continuou suas conversas com Martim. Eles debateram por quinze dias seguidos e, ao cabo desses quinze dias, tinham avançado tanto quanto no primeiro. Mas enfim, eles conversavam, comunicavam-se ideias, consolavam-se. Cândido acariciava seu carneiro. "Assim como o reencontrei", disse ele, "poderei reencontrar Cunegundes."

XXI. Cândido e Martim aproximam-se da costa da França e deliberam

Finalmente avistou-se a costa da França. "Já esteve na França, senhor Martim?", perguntou Cândido. "Sim", disse Martim, "percorri várias províncias. Há algumas em que a metade dos habitantes é louca, outras em que se é astucioso demais, outras onde em geral se é bastante doce e estúpido, outras onde afetam refinamento; em todas, a principal ocupação é o amor, a segunda é a maledicência e a terceira, dizer tolices." "Mas, senhor Martim, viu Paris?" "Sim, vi Paris; ela tem homens de todas essas espécies; é um caos, é uma desordem na qual todos buscam o prazer e onde quase ninguém o encontra, ao menos pelo que me pareceu. Fiquei lá pouco tempo; fui roubado de tudo o que tinha, ao chegar, por gatunos na feira de Saint-Germain; tomaram a mim mesmo por um ladrão e passei oito dias na prisão; depois disso, tornei-me revisor de tipografia a fim de ganhar o suficiente para retornar à Holanda a pé. Conheci a canalha escrevente, a canalha mexeriqueira e a canalha convulsionária. Dizem que há gente muito educada nessa cidade; quero acreditar que sim."

"De minha parte, não tenho a menor curiosidade de conhecer a França", disse Cândido; "o senhor adivinha facilmente que, depois que se passou um mês no Eldorado, não nos preocupamos mais em ver algo sobre a terra que não a senhorita Cunegundes; vou esperá-la em Veneza; atravessaremos a França para chegar à Itália; o senhor me acompanhará?" "De muito bom grado", disse Martim; "dizem que Veneza só é boa para os nobres venezianos, mas que os estrangeiros são muito bem recebidos por lá quando têm muito dinheiro; não tenho nenhum, o senhor tem, eu o seguirei por toda parte." "A propósito", disse Cândido, "o senhor pensa que a terra foi originariamente um mar, como se assegura no grande livro que pertence ao capitão do navio?" "Não acredito nem um pouco", disse Martim, "tampouco em todos os disparates que nos contam há algum tempo." "Mas com que fim este mundo foi então criado?", perguntou Cândido. "Para nos exasperar", respondeu Martim. "O senhor não fica atônito", continuou Cândido, "com o amor que aquelas duas moças do país dos Orelhões sentiam pelos dois macacos, aventura que lhe narrei?" "Nem um pouco", disse Martim; "não vejo o que esta paixão tem de estranho; vi tantas coisas extraordinárias que não há mais nada extraordinário para mim." "Acredita", perguntou Cândido, "que os homens sempre se massacraram uns aos outros, como fazem hoje? Que sempre foram mentirosos, velhacos, pérfidos, ingratos, bandidos, fracos, volúveis, covardes, invejosos, gulosos, bêbados, avaros, ambiciosos, sanguinários, caluniadores, devassos, fanáticos, hipócritas e tolos?" "Acredita", retorquiu Martim, "que os gaviões sempre comeram os pombos que encontravam?" "Sim, sem dúvida", disse Cândido. "Pois bem!", disse Martim, "se os gaviões sempre tiveram o mesmo caráter, por que acharia que os homens tivessem mudado o seu?" "Oh!", disse Cândido, "é muito diferente, pois o livre-arbítrio..." Deliberando assim, eles chegaram a Bordeaux.

XXII. O que aconteceu na França a Cândido e a Martim

Cândido parou em Bordeaux apenas o tempo necessário para vender algumas pedras do Eldorado e para arranjar um bom veículo de dois lugares; pois ele não podia mais ficar sem seu filósofo Martim. Ficou apenas muito zangado por ter de se separar do carneiro, que deixou na Academia de Ciências de Bordeaux, a qual propôs como tema do prêmio daquele ano explicar o motivo de a lã daquele carneiro ser ruiva; e o prêmio foi atribuído a um cientista do norte, que demonstrou por A mais B menos C dividido por Z que o carneiro devia ser ruivo e morrer de varíola ovina.

Enquanto isso, todos os viajantes que Cândido encontrava nas tabernas da estrada diziam-lhe: "Vamos a Paris". Esse ardor geral deu-lhe enfim vontade de ver essa capital; não era grave desviar-se do caminho de Veneza. Ele entrou pelo subúrbio de Saint-Marceau e pensou estar na mais ignóbil aldeia da Westfália.

Assim que Cândido chegou a seu albergue, foi atacado por uma doença leve causada pelo cansaço. Como tinha no dedo um diamante enorme e como haviam percebido em suas bagagens um cofre prodigiosamente pesado, ele logo teve a seu lado dois médicos que não mandara chamar, alguns amigos íntimos que não o deixavam e duas devotas que mandavam esquentar seus ensopados. Martim dizia: "Recordo-me de ter ficado doente em Paris também, em minha primeira viagem; eu era muito pobre: assim, não tive amigos, nem devotas, nem médicos e curei-me".

No entanto, de tantos medicamentos e sangrias, a doença de Cândido se agravou. Um padre do bairro veio com candura pedir-lhe uma promissória ao portador, para o outro mundo; Cândido não quis fazer nada. As devotas garantiram que era a nova moda; Cândido respondeu que não era um homem da moda. Martim quis jogar o padre pela janela. O sacerdote jurou que Cândido não seria enterrado. Martim jurou que enterraria o sacerdote se ele continuasse a importuná-los. A querela esquentou; Martim pegou-o pelos ombros e o expulsou rudemente, o que causou grande escândalo e levou a uma queixa formal.

Cândido sarou; durante sua convalescença, teve muito boa companhia para jantar em sua casa. Jogava-se com grandes apostas. Cândido ficava todo surpreso por nunca pegar nenhum ás; Martim não se surpreendia.

Entre os que lhe faziam as honras da cidade, havia um abadezinho perigordino, uma dessas pessoas atenciosas, sempre alertas, sempre prestativas, atrevidas, afetuosas, complacentes, que espreitam os estrangeiros ao passar, contam-lhes as histórias escandalosas da cidade e oferecem-lhes prazeres a qualquer preço. Ele levou Cândido e Martim primeiro ao teatro. Representava-se uma tragédia nova. Cândido viu-se sentado perto de alguns homens refinados. O que não o impediu de chorar em cenas perfeitamente encenadas. Um dos arrazoadores que estavam a seu lado disse-lhe num intervalo: "O senhor está muito errado em chorar: esta atriz é bastante ruim; o ator que interpreta com ela é pior ainda; a peça é ainda pior que os atores; o autor não sabe uma palavra de árabe e, no entanto, a cena se passa na Arábia; além disso, é um homem que não acredita nas ideias inatas: amanhã trarei vinte brochuras contra ele". "Senhor, quantas peças de teatro vocês têm na França?", perguntou Cândido ao abade, que respondeu: "Cinco ou seis mil". "É muito", disse Cândido; "quantas delas são boas?" "Quinze ou dezesseis", replicou o outro. "É muito", disse Martim.

Cândido ficou muito satisfeito com uma atriz que interpretava a rainha Elisabeth numa tragédia bastante banal às vezes encenada. "Esta atriz", ele disse a Martim, "agrada-me muito; ela tem um falso ar de senhorita Cunegundes; ficaria encantado de cumprimentá-la." O abade perigordino ofereceu-se para levá-lo à casa dela. Cândido, educado na Alemanha, perguntou qual era a etiqueta e como eram tratadas na França as rainhas da Inglaterra. "Há diferenças", disse o abade; "na província, são levadas à taberna; em Paris, são respeitadas quando belas e atiradas na sarjeta depois de mortas." "Rainhas na sarjeta!", disse Cândido. "Sim, realmente", disse Martim; "o senhor abade tem razão: eu estava em Paris quando a senhorita Monime passou, como se diz, desta para melhor; recusaram-lhe o que as pessoas daqui chamam de *as honras da sepultura*, quer dizer, apodrecer com todos os mendigos do bairro num vil cemitério; ela foi enterrada completamente à parte de sua trupe, na esquina da rua de Bourgogne; o que deve ter lhe causado uma pena extrema, pois ela pensava com muita nobreza." "Isso é muito indelicado", disse Cândido. "O que o senhor queria?", perguntou Martim. "As pessoas daqui são assim. Imagine todas as contradições, todas as incompatibilidades possíveis, o senhor as verá no governo, nos tribunais, nas igrejas, nos espetáculos desta estranha nação." "É verdade que sempre se ri em Paris?", perguntou Cândido. "Sim", respondeu o abade, "mas com exasperação; pois se queixam de tudo às gargalhadas; e fazem rindo até as ações mais detestáveis."

"Quem é aquele grande porco", perguntou Cândido, "que me falou tão mal da peça em que tanto chorei e dos atores que tanto me agradaram?" "Um amargurado", respondeu o abade, "que ganha a vida falando mal de todas as peças e de todos os livros; ele odeia quem tem sucesso, como os eunucos odeiam quem tem prazer: é uma dessas serpentes da literatura que se alimentam de lodo e veneno; é um foliculário." "O que chama de foliculário?", quis saber Cândido. "Um fazedor de folhetos", disse o abade, "um *Fréron*."[1]

Assim Cândido, Martim e o perigordino conversavam na escadaria, vendo o desfile de pessoas saindo do teatro. "Embora tenha muita pressa de rever a senhorita Cunegundes", disse Cândido, "eu gostaria de jantar com a senhorita Clairon; pois ela me pareceu admirável."

O abade não era homem de se aproximar da senhorita Clairon, que só recebia boas companhias. "Ela está ocupada esta noite", ele disse; "mas terei a honra de levá-lo à casa de uma dama de qualidade, onde o senhor conhecerá Paris como se tivesse passado quatro anos aqui."

Cândido, que era naturalmente curioso, deixou-se levar à casa da dama, no fundo do *faubourg* Saint-Honoré, onde jogavam faraó;[2] doze tristes apostadores seguravam uma pequena pilha de cartas,

---

1. Foliculário (*folliculaire*) é um termo pejorativo para designar um mau jornalista. Parece ter sido criado por Voltaire e usado pela primeira vez justamente em *Cândido*, em 1759, sendo dicionarizado apenas em 1858. *Fréron* é uma referência a Élie Fréron (1718-76), jornalista e crítico francês, adversário de Voltaire, que o retratou em cruéis epigramas.
2. Jogo de cartas.

registro extravagante de seus infortúnios. Um profundo silêncio reinava, a palidez estampava o rosto dos apostadores, havia preocupação no rosto do banqueiro, e a dona da casa, sentada perto desse banqueiro impiedoso, observava com olhos de lince todos os paroles, todos os blefes, com que cada jogador marcava suas cartas; ela os fazia desmarcá-las com uma atenção severa, mas cortês, e não se zangava, com medo de perder a clientela. A dama fazia-se chamar de marquesa de Parolignac. Sua filha, de quinze anos, estava entre os apostadores e avisava com uma piscadela as trapaças daquela pobre gente, que tentava reparar as crueldades da sorte. O abade perigordino, Cândido e Martim entraram; ninguém se levantou, nem os saudou, nem olhou para eles; todos estavam profundamente ocupados com suas cartas. "A senhora baronesa de Thunder-ten-tronckh era mais cortês", disse Cândido.

Entrementes, o abade se aproximou da orelha da marquesa, que se ergueu um pouco, honrou Cândido com um sorriso gracioso e Martim com um aceno de cabeça absolutamente nobre; mandou trazerem um assento e um baralho para Cândido, que perdeu cinquenta mil francos em duas rodadas. Depois disso jantaram mui alegremente, e todo mundo ficou surpreso de Cândido não se abalar com sua perda; os lacaios diziam entre si, em sua linguagem de lacaios: "Deve ser algum milorde inglês".

O jantar foi como a maioria dos jantares de Paris: primeiro silêncio, a seguir um barulho de palavras indistintas, depois piadas quase todas insípidas, notícias falsas, argumentos ruins, um pouco de política e muita maledicência; falou-se até de livros novos. "O senhor já leu", perguntou o abade perigordino, "o romance do senhor Gauchat, doutor em teologia?" "Sim", respondeu um dos convivas, "mas não pude terminá-lo. Temos inúmeros escritos impertinentes, mas todos juntos não chegam à impertinência de Gauchat, doutor em teologia; estou tão cansado dessa imensidão de livros detestáveis que nos inundam que comecei a apostar no faraó." "E sobre as *Miscelâneas*, do arquidiácono Trublet, o que diz?", perguntou o abade. "Ah!", disse a sra. de Parolignac, "um tédio mortal! Como ele diz de maneira curiosa o que todo mundo sabe! Como discute pesadamente o que nem vale a pena mencionar de leve! Como apropria-se sem espírito do espírito dos outros! Como estraga o que pilha! Como me enfastia! Mas não me enfastiará mais: ter lido algumas páginas do arquidiácono já é o suficiente."

Havia à mesa um homem sábio e de gosto que apoiava o que a marquesa dizia. A seguir falou-se de tragédias: a senhora perguntou por que havia tragédias encenadas algumas vezes, mas que não podiam ser lidas. O homem de gosto explicou muito bem como uma peça podia ter algum interesse e não ter quase nenhum mérito; ele provou em poucas palavras que não era suficiente apresentar uma ou duas situações encontradas em todos os romances, e que sempre seduzem os espectadores, mas que é preciso ser novo sem ser bizarro, com frequência sublime e sempre natural; conhecer o coração humano e fazê-lo falar; ser grande poeta sem que nunca algum personagem da peça pareça poeta; conhecer perfeitamente a língua, falá-la com pureza, com uma harmonia contínua, sem que jamais a rima custe algo ao sentido. "Quem não observar todas essas regras", acrescentou, "pode fazer uma ou duas tragédias aplaudidas no teatro, mas nunca figurará entre os bons escritores; há muito poucas tragédias boas; umas são idílios em diálogos bem escritos e bem rimados; outras, arrazoados políticos que dão sono, ou amplificações que desanimam; outras, sonhos de energúmeno, em estilo bárbaro, palavras interrompidas, longas apóstrofes aos deuses que não sabem falar aos homens, máximas falsas, lugares-comuns empolados."

Cândido ouviu esse comentário com atenção e concebeu grande ideia sobre quem discorria; como a marquesa havia tomado o cuidado de colocá-lo a seu lado, ele se aproximou de seu ouvido e tomou a liberdade de perguntar-lhe quem era aquele homem que falava tão bem. "Um sábio", disse a senhora, "que não aposta e que o abade às vezes traz para jantar; ele é um perfeito conhecedor de tragédias e livros, e escreveu uma tragédia vaiada e um livro de que só se viu um exemplar fora da loja de seu livreiro, dedicado a mim." "Que grande homem!", disse Cândido; "é um outro Pangloss."

Então, voltando-se para ele, disse: "Senhor, sem dúvida pensa que tudo está da melhor maneira possível no mundo físico e no moral, e que nada podia ser de outro modo?". "Eu, senhor", respondeu-lhe o sábio, "não penso nem um pouco assim: acho que tudo está ao avesso entre nós; que ninguém sabe qual é sua posição ou qual seu cargo, nem o que faz ou o que deve fazer, e, com exceção do jantar, que é bastante alegre e onde aparece bastante união, todo o resto do tempo é passado em brigas impertinentes: jansenistas contra molinistas, gente do parlamento conta gente da igreja, gente de letras contra gente de letras, cortesãos contra cortesãos, financistas contra o povo, mulheres contra maridos, parentes contra parentes; é uma guerra eterna."

Cândido replicou-lhe: "Vi coisa pior. Mas um sábio, que depois teve o infortúnio de ser enforcado, ensinou-me que tudo isso é uma maravilha; são as sombras de um belo quadro". "Seu enforcado zombava do mundo", disse Martim; "suas sombras são manchas horríveis." "São os homens que fazem as manchas", disse Cândido, "e eles não podem se dispensar delas." "Então não é culpa deles", disse Martim. A maioria dos jogadores, que não entendia nada dessa linguagem, bebia; Martim argumentava com o sábio, e Cândido contou uma parte de suas aventuras à dona da casa.

Depois do jantar, a marquesa levou Cândido a seu gabinete e o fez sentar-se num sofá. "Muito bem!", disse ela, "o senhor continua perdidamente apaixonado pela senhorita Cunegundes de Thunder-ten-tronckh?" "Sim, senhora", respondeu Cândido. A marquesa replicou-lhe com um sorriso terno: "O senhor me responde como um jovem da Westfália; um francês teria dito: 'É verdade que amei a senhorita Cunegundes; mas vendo-a, madame, temo não mais amá-la'". "Ai, madame!", disse Cândido, "responderei como a senhora quiser." "Sua paixão por ela", disse a marquesa, "teve início ao apanhar o lenço dela do chão; quero que apanhe minha liga." "Com todo meu coração", disse Cândido; e apanhou-a. "Mas quero que a recoloque em mim", disse a dama; e Cândido a recolocou. "Veja bem", disse a dama, "o senhor é estrangeiro, às vezes faço meus amantes de Paris definharem por quinze dias, mas entrego-me ao senhor na primeira noite porque é preciso fazer as honras do país a um jovem da Westfália." A bela, tendo percebido dois enormes diamantes nas duas mãos do jovem estrangeiro, louvou-os com tanta boa-fé que dos dedos de Cândido eles passaram aos dedos da marquesa.

Cândido, ao ir embora com o abade perigordino, sentiu alguns remorsos por ter cometido uma infidelidade com a senhorita Cunegundes. O senhor abade consolou seus pesares; ele levava apenas uma pequena parte das cinquenta mil libras perdidas no jogo por Cândido e do valor dos dois brilhantes um pouco dados, um pouco extorquidos. Seu objetivo era tirar proveito, o máximo que pudesse, das vantagens que conhecer Cândido podiam lhe proporcionar. Ele falou-lhe muito de Cunegundes; e Cândido disse-lhe que pediria perdão à bela por sua infidelidade quando voltasse a vê-la em Veneza.

O perigordino redobrava suas cortesias e atenções, e simulava um interesse afetuoso por tudo o que Cândido dizia, por tudo o que ele fazia, por tudo o que ele queria fazer.

"Então o senhor tem", perguntou ele, "um encontro em Veneza?" "Sim, senhor abade", respondeu Cândido; "é absolutamente necessário que eu vá me encontrar com a senhorita Cunegundes." Então, empenhado pelo prazer de falar do que amava, contou, segundo seu costume, uma parte de suas aventuras com aquela ilustre westfaliana.

"Creio", disse o abade, "que a senhorita Cunegundes tem bastante espírito e que escreve cartas encantadoras." "Nunca recebi nenhuma", disse Cândido; "pois, imagine que, tendo sido expulso do castelo por amor a ela, não pude escrever-lhe; logo depois fiquei sabendo que estava morta, a seguir reencontrei-a e perdi-a, e enviei-lhe a duas mil e quinhentas léguas[3] daqui um mensageiro expresso de que espero a resposta."

O abade escutava com atenção e parecia um pouco sonhador. Logo despediu-se dos dois estrangeiros, depois de abraçá-los ternamente. No dia seguinte, Cândido recebeu ao acordar uma carta concebida nos seguintes termos:

> Senhor, meu caríssimo amante, há oito dias estou doente nesta cidade; fiquei sabendo que aqui está. Eu voaria para seus braços se pudesse me mexer. Soube de sua passagem por Bordeaux; lá deixei o fiel Cacambo e a velha, que logo devem me seguir. O governador de Buenos Aires ficou com tudo, mas resta-me o seu coração. Venha, sua presença me devolverá a vida ou me fará morrer de prazer.

Esta carta encantadora, esta carta inesperada, levou Cândido a uma alegria inexprimível; e a doença de sua querida Cunegundes cumulou-o de dores. Dividido entre esses dois sentimentos, ele pegou

---

3. Cerca de 12 mil quilômetros.

seu ouro e seus diamantes e fez-se levar, junto com Martim, ao hotel onde vivia a senhorita Cunegundes. Entrou tremendo de emoção, seu coração palpitou, sua voz soluçou; ele queria abrir as cortinas da cama, queria trazer alguma luz. "Abstenha-se de fazer isso", disse-lhe a dama de companhia, "a luz a mata"; e subitamente ela fechou a cortina. "Minha querida Cunegundes", disse Cândido chorando, "como está se sentindo? Se não pode me ver, ao menos fale comigo." "Ela não pode falar", disse a dama de companhia. A dama estende então a mão rechonchuda, que Cândido molha com suas lágrimas por um bom tempo e depois cobre de diamantes, deixando também um saco cheio de ouro na poltrona.

Durante seu arrebatamento, chegou um oficial da polícia seguido do abade perigordino e de uma escolta. "São estes", perguntou ele, "os dois estrangeiros suspeitos?" Mandou prendê-los na mesma hora e ordenou a seus soldados que os levassem à prisão. "Não é assim que os viajantes são tratados no Eldorado", disse Cândido. "Sou mais maniqueísta que nunca", disse Martim. "Mas, senhor, para onde está nos levando?", perguntou Cândido. "Para o calabouço", disse o oficial.

Martim, recuperando o sangue-frio, concluiu que a dama que se dizia Cunegundes era uma trapaceira, que o senhor abade perigordino era um velhaco que tinha abusado da inocência de Cândido na primeira oportunidade e o oficial outro velhaco do qual poderiam se livrar facilmente.

Em vez de expor-se aos procedimentos da justiça, Cândido, iluminado por seus conselhos e, aliás, sempre impaciente de rever a verdadeira Cunegundes, ofereceu ao oficial da polícia três pequenos diamantes de cerca de três mil pistolas cada um. "Ah, senhor!", disse-lhe o homem do bastão de marfim, "mesmo que tivesse cometido todos os crimes imagináveis, o senhor seria o homem mais honesto do mundo. Três diamantes! Cada um de três mil pistolas! Senhor!, eu morreria pelo senhor, em vez de levá-lo para uma cela. Prendemos todos os estrangeiros, mas deixe comigo; tenho um irmão em Dieppe, na Normandia, vou levá-lo até ele; e se tiver algum diamante para lhe dar, ele cuidará do senhor como eu mesmo." "E por que prendem todos os estrangeiros?", perguntou Cândido.

O abade perigordino tomou então a palavra e disse: "Porque um vagabundo da região de Atrebácia ouviu dizer bobagens: isso o fez cometer um parricídio,[4] não como aquele de 1610, no mês de maio, mas como aquele de 1594, no mês de dezembro, e como vários outros cometidos em outros anos e outros meses por outros vagabundos que tinham ouvido dizer bobagens".

O oficial então explicou de que se tratava. "Ah, que monstros!", exclamou Cândido. "Como! Tais horrores entre um povo que dança e que canta! Não poderei sair o mais rápido possível deste país onde macacos provocam tigres? Vi ursos em meu país; só vi homens no Eldorado. Em nome de Deus, senhor oficial, leve-me para Veneza, onde devo esperar a senhorita Cunegundes." "Só posso levá-lo à Baixa Normandia", disse o chefe de polícia. Mandou logo retirar seus ferros, disse que havia se enganado, dispensou seus homens, levou Cândido e Martim a Dieppe e deixou-os nas mãos do irmão. Havia um pequeno navio holandês na baía. O normando, com o auxílio de três outros diamantes, tornou-se o mais prestativo dos homens, embarcou Cândido e os seus no navio que faria vela até Portsmouth, na Inglaterra. Não era o caminho para Veneza; mas Cândido pensava estar se livrando do inferno e contava retomar a rota para Veneza à primeira ocasião.

---

4. O camponês Damiens, nascido num vilarejo perto de Arras, na região de Artois (Atrebácia), tentou assassinar, em 1757, o rei Luís xv, considerado o pai dos franceses (daí a condenação de Damiens por parricídio).

XXIII. Cândido e Martim vão até a costa da Inglaterra, e o que eles veem ali

"Ah, Pangloss! Pangloss! Ah, Martim! Martim! Ah, minha querida Cunegundes! Que mundo é este?", dizia Cândido no navio holandês. "Uma coisa muito louca e muito abominável", respondia Martim. "O senhor conhece a Inglaterra; as pessoas são tão loucas quanto na França?" "É outro tipo de loucura", disse Martim. "O senhor sabe que essas duas nações estão em guerra por alguns arpentos de neve para os lados do Canadá, e que gastam nessa bela guerra muito mais do que vale todo o Canadá. Dizer exatamente se há mais pessoas a internar num país do que no outro é o que minhas parcas luzes não me permitem. Sei apenas que, em geral, as pessoas que vamos ver são muito atrabiliárias."[1]

Conversando assim eles atracaram em Portsmouth; uma multidão de pessoas cobria a margem e olhava atentamente para um homem bastante gordo que estava ajoelhado, com os olhos vendados, no convés de um dos barcos da frota; quatro soldados, postados na frente desse homem, dispararam-lhe cada um três balas no crânio com a maior tranquilidade do mundo, e toda a assembleia foi embora extremamente satisfeita. "O que é isso tudo?", perguntou Cândido, "e que demônio exerce por toda parte seu império?" Ele perguntou quem era o homem gordo que acabavam de matar com tanta cerimônia. "É um almirante",[2] responderam-lhe. "E por que matar um almirante?" "Porque", disseram-lhe, "não fez com que matassem gente suficiente; ele travou combate com um almirante francês e acharam que não chegou perto dele o suficiente." "Mas", disse Cândido, "o almirante francês estava tão longe do almirante inglês quanto este estava dele!" "Isso é incontestável", replicaram-lhe; "mas

---

1. Literalmente, "cheias de bile negra", ou seja, coléricas e melancólicas.
2. O almirante é John Byng, vencido pelo almirante francês Falissonnière nas águas de Minorca. Foi condenado e executado em 1757 por falta de combatividade contra os franceses.

neste país é bom matar de tempos em tempos um almirante para encorajar os outros."

Cândido ficou tão atordoado e tão chocado com o que via e ouvia que não só nem quis colocar os pés em terra firme como fez um negócio com o comandante holandês (por mais que este o roubasse como o do Suriname) para que o conduzisse sem demora a Veneza.

O comandante ficou pronto ao cabo de dois dias. Costearam a França; passaram à vista de Lisboa e Cândido estremeceu. Entraram no estreito e no Mediterrâneo; enfim aportaram em Veneza. "Deus seja louvado!", disse Cândido, abraçando Martim; "é aqui que voltarei a ver a bela Cunegundes. Conto com Cacambo como comigo mesmo. Tudo está bem, tudo vai bem, tudo vai da melhor maneira possível."

XXIV. De Paquette e do frei Giroflê

Logo que chegou a Veneza, ele mandou procurar Cacambo em todas as tabernas, em todos os cafés, em todas as casas de prostituição, mas não o encontrou. Enviou todos os dias alguém à procura dele em todos os navios e em todos os barcos: nenhuma notícia de Cacambo. "Como!", ele dizia a Martim. "Tive tempo de passar do Suriname a Bordeaux, de ir de Bordeaux a Paris, de Paris a Dieppe, de Dieppe a Portsmouth, de costear Portugal e Espanha, de atravessar todo o Mediterrâneo, de passar alguns meses em Veneza, e a bela Cunegundes não veio! Encontrei no lugar dela apenas uma assanhada e um abade perigordino! Cunegundes está morta sem dúvida, só me resta morrer. Ah! Mais valia ter ficado no paraíso do Eldorado que ter voltado a esta maldita Europa. Como você tem razão, meu caro Martim! Tudo não passa de ilusão e calamidade."

Ele caiu numa negra melancolia e não participou da ópera *alla moda* nem dos outros divertimentos do carnaval; nenhuma dama lhe causou a menor tentação. Martim lhe disse: "O senhor é bastante simplório, na verdade, por imaginar que um criado mestiço, com cinco ou seis milhões no bolso, foi buscar sua amante no fim do mundo para trazê-la a Veneza. Ele a tomará para si, se a encontrar. Se não a encontrar, tomará uma outra; aconselho-o a esquecer seu criado Cacambo e sua amante Cunegundes". Martim não foi consolador. A melancolia de Cândido aumentou e Martim não cessava de provar-lhe que havia pouca virtude e pouca felicidade na terra, com exceção talvez do Eldorado, onde ninguém podia chegar.

Conversando sobre esta matéria importante, e esperando Cunegundes, Cândido percebeu um jovem teatino[1] na praça São Marcos, que levava ao braço uma moça. O teatino parecia fresco, rechonchudo, vigoroso; seus olhos eram brilhantes, seu ar seguro, sua aparência altiva, seu andar orgulhoso. A moça era muito bonita e cantava; ela olhava amorosamente para seu teatino e, de tempos em tempos,

---
1. Monge da ordem fundada por Caetano de Tiene.

beliscava suas gordas bochechas. "O senhor ao menos precisa admitir", disse Cândido a Martim, "que aqueles dois são felizes. Só encontrei, até o momento, em toda a terra habitável, com exceção do Eldorado, desafortunados; mas, em relação a esta moça e a este teatino, aposto que são criaturas muito felizes." "Aposto que não", disse Martim. "Basta convidarmos os dois para almoçar", disse Cândido, "e verá se estou enganado."

Abordou-os imediatamente e apresentou seus cumprimentos, convidou-os para ir a seu albergue comer macarrão, perdizes da Lombardia, ovas de esturjão e beber vinho de Montepulciano, Lacryma Christi, Chipre e Samos. A senhorita corou, o teatino aceitou o convite e a moça o seguiu, olhando para Cândido com olhos de surpresa e confusão, que foram obscurecidos por algumas lágrimas. Assim que eles entraram no quarto de Cândido, ela lhe disse: "O quê! Senhor Cândido não reconhece mais Paquette!".

Ouvindo essas palavras, Cândido, que não a havia considerado com atenção até o momento porque só pensava em Cunegundes, disse: "Ora! Minha pobre criança, então foi você que deixou o doutor Pangloss no belo estado em que o vi?".

"Ai de mim, senhor! Fui eu mesma", disse Paquette; "vejo que foi informado de tudo. Fiquei sabendo das pavorosas desgraças que atingiram toda a casa da senhora baronesa e a bela Cunegundes. Juro-lhe que meu destino não foi menos triste. Eu era muito inocente quando o senhor me conheceu. Um franciscano que era meu confessor seduziu-me facilmente. O que veio depois foi atroz; fui obrigada a sair do castelo algum tempo depois que o senhor barão o expulsou a grandes pontapés no traseiro. Se um famoso médico não tivesse se apiedado de mim, eu estaria morta. Fui por certo tempo, em reconhecimento, amante desse médico. Sua mulher, louca de ciúme, batia em mim todos os dias impiedosamente; era um furor. Esse médico era o mais feio de todos os homens e eu a mais infeliz de todas as criaturas, espancada constantemente por causa de um homem que eu não amava. O senhor sabe como é perigoso para uma mulher amarga ser esposa de um médico. Aquele, indignado com a conduta da esposa, deu-lhe, um dia, para curá-la de um pequeno resfriado, um remédio tão eficaz que ela morreu em duas horas sob convulsões horríveis. Os parentes da senhora abriram um processo criminal contra o senhor; ele fugiu e eu fui presa. Minha inocência não me teria salvado se eu não fosse um pouco bonita. O juiz soltou-me com a condição de suceder ao médico. Logo fui suplantada por uma rival, expulsa sem recompensa e obrigada a seguir nesse ofício abominável que parece tão agradável a vocês homens e que para nós não passa de um abismo de misérias. Vim exercer a profissão em Veneza. Ah, senhor! Se pudesse imaginar o que é ser obrigada a acariciar indistintamente um velho mercador, um advogado, um monge, um gondoleiro, um abade; estar exposta a todos os insultos, a todas as avanias; ser com frequência forçada a tomar uma saia emprestada para tê-la levantada por um homem asqueroso; ser roubada por um daquilo que ganhamos com outro; ser extorquida por oficiais de justiça e ter em perspectiva apenas uma velhice horrenda, um asilo e uma sarjeta, o senhor concluiria que sou uma das mais infelizes criaturas do mundo."

Paquette abriu assim seu coração ao bom Cândido, num gabinete, na presença de Martim, que disse a Cândido: "Veja o senhor que já ganhei metade da aposta".

Frei Giroflê havia ficado na sala de jantar e bebia uma dose à espera do almoço. "Mas", disse Cândido a Paquette, "você parecia tão alegre, tão contente, quando a reencontrei; estava cantando, acariciando o teatino com uma complacência natural; você me pareceu tão feliz quanto afirma ser desafortunada." "Ah, senhor!", respondeu Paquette, "esta é mais uma das misérias do ofício. Ontem fui roubada e espancada por um oficial, mas hoje preciso parecer de bom humor para agradar a um monge."

Cândido não quis saber mais; admitiu que Martim tinha razão. Colocaram-se à mesa com Paquette e o teatino, a refeição foi bastante divertida e, ao fim, falaram com alguma confiança. "Meu padre", disse Cândido ao monge, "o senhor parece gozar de uma vida que todos devem invejar; a flor da saúde brilha em seu rosto, sua fisionomia anuncia a felicidade; o senhor tem uma belíssima moça para sua recreação e parece muito satisfeito com sua condição de teatino."

"Palavra de honra, senhor", disse frei Giroflê, "eu gostaria que todos os teatinos estivessem no fundo do mar. Umas cem vezes me senti tentado a pôr fogo no convento e me tornar turco. Meus pais me forçaram, aos quinze anos, a vestir este detestável hábito, para deixar maior fortuna a um maldito irmão mais velho, que Deus o puna! A inveja, a discórdia e a raiva habitam o convento. É verdade que preguei alguns maus sermões que me valeram um pouco de dinheiro, de que o prior rouba-me a metade: o resto serve para manter as moças; mas, quando volto à noite para o monastério, estou a ponto de quebrar a cabeça contra as paredes do dormitório; e todos os meus confrades estão na mesma situação."

Martim virou-se para Cândido com o habitual sangue-frio: "Muito bem!", disse ele, "não ganhei a aposta inteira?". Cândido deu duas mil piastras a Paquette e mil piastras ao frei Giroflê. "Respondo-lhe", disse ele, "que com isso eles serão felizes." "Não acredito nem um pouco", disse Martim; "o senhor talvez os torne, com essas piastras, ainda mais infelizes." "Seja o que for", disse Cândido, "mas uma coisa me consola: vejo que muitas vezes reencontramos as pessoas que nunca pensávamos reencontrar; pode bem ser que, tendo reencontrado meu próprio carneiro ruivo e Paquette, eu também reencontre Cunegundes." "Desejo", disse Martim, "que um dia ela faça sua felicidade; mas disso duvido muito." "O senhor é muito duro", disse Cândido. "Porque vivi", disse Martim. "Mas olhe para esses gondoleiros", disse Cândido; "não cantam eles sem parar?" "O senhor não os vê em suas casas, com as mulheres e os filhos pequenos", disse Martim; "o doge tem seus pesares, os gondoleiros têm os seus. É verdade que, no fim das contas, o destino de um gondoleiro é preferível ao de um doge; mas acho a diferença tão medíocre que não vale a pena examiná-la."

"Falam", disse Cândido, "do senador Pococurante, que mora no belo palácio sobre o rio Brenta, e que recebe bastante bem os estrangeiros. Dizem que é um homem que nunca teve pesares." "Eu gostaria de ver espécie tão rara", disse Martim. Cândido imediatamente mandou pedir ao senhor Pococurante permissão para vê-lo no dia seguinte.

XXV. Visita ao senhor Pococurante, nobre veneziano

Cândido e Martim foram de gôndola pelo Brenta e chegaram ao palácio do nobre Pococurante. Os jardins eram bem desenhados e ornados de belas estátuas de mármore; o palácio, de uma bela arquitetura. O dono da casa, homem de sessenta anos, muito rico, recebeu mui cortesmente os dois curiosos, mas com pouquíssima solicitude, o que desconcertou Cândido e não desagradou a Martim.

Primeiro, duas moças bonitas e adequadamente vestidas serviram chocolate que fizeram espumar muito bem. Cândido não pôde deixar de elogiar sua beleza, sua gentileza e sua habilidade. "São criaturas muito boas", disse o senador Pococurante; "às vezes faço-as deitar em minha cama, pois estou bem cansado das damas da cidade, de suas afetações, de seu ciúme, de suas querelas, de seus humores, de suas mesquinharias, de seus orgulhos, de suas tolices e dos sonetos que precisamos fazer ou encomendar para elas; mas, no fim, essas duas moças começam a me entediar."

Cândido, depois do almoço, passeando por uma longa galeria, ficou surpreso com a beleza dos quadros. Perguntou de que mestre eram os dois primeiros. "Eles são de Rafael", disse o senador; "comprei-os muito caro por vaidade há alguns anos; dizem que são o que há de mais bonito na Itália, mas eles não me agradam nem um pouco: a cor é muito escura; as figuras não são suficientemente arredondadas e não se destacam o bastante; os drapejados não lembram em nada um tecido; em uma palavra, não importa o que digam, não vejo ali uma imitação real da natureza. Eu só gostaria de um quadro se acreditasse ver a própria natureza: não há nenhum desse tipo. Tenho muitos quadros, mas não os olho mais."

Pococurante, esperando o jantar, mandou darem um concerto. Cândido achou a música deliciosa. "Esse barulho", disse Pococurante, "pode divertir por meia hora; mas, se dura mais que isso, cansa todo mundo, embora ninguém ouse confessar. A música, hoje, não passa da arte de executar coisas difíceis, e o que é apenas difícil não agrada a longo prazo.

"Eu talvez preferisse a ópera, se não tivessem descoberto o segredo de transformá-la num monstro que me revolta. Quem quiser que assista a tragédias ruins com música, em que as cenas só são feitas para mostrar, mui inadequadamente, duas ou três canções ridículas que fazem valer o gogó de uma atriz; quem quiser, ou quem puder, que desmaie de prazer ao ver um castrado cantarolar o papel de César e de Catão e passear desajeitadamente sobre o palco; de minha parte, faz tempo que renunciei a essas pobrezas que hoje fazem a glória da Itália e que tão alto preço cobram aos soberanos." Cândido discutiu um pouco, mas com discrição. Martim foi exatamente da mesma opinião do senador.

Colocaram-se à mesa e, após um excelente almoço, entraram na biblioteca. Cândido, ao ver um Homero magnificamente encadernado, louvou o ilustríssimo por seu bom gosto. "Eis um livro", ele disse, "que fazia as delícias do grande Pangloss, o melhor filósofo da Alemanha." "Não faz as minhas", disse com frieza Pococurante; "fizeram-me crer, outrora, que eu teria prazer em lê-lo; mas essa repetição contínua de combates que são todos iguais, esses deuses que sempre agem para não fazer nada de decisivo, essa Helena que é o objeto da guerra e que mal aparece na peça; essa Troia que é cercada e nunca tomada, tudo isso me causava o tédio mais mortal. Perguntei algumas vezes a sábios se eles se entediavam tanto quanto eu com essa leitura. Todas as pessoas sinceras confessaram-me que o livro lhes caía das mãos, mas que sempre era preciso tê-lo em sua biblioteca, como um monumento da antiguidade, como essas moedas velhas e enferrujadas que já não se pode usar no comércio."

"Sua Excelência não pensa o mesmo de Virgílio?", perguntou Cândido. "Admito", disse Pococurante, "que o segundo, o quarto e o sexto livro de sua *Eneida* são excelentes; mas quanto a seu piedoso Eneias, e ao forte Cloanto, e ao amigo Acates, e ao pequeno Ascânio, e ao imbecil rei Latino, e à burguesa Amata, e à insípida Lavínia, creio que não existe nada mais frio e desagradável. Prefiro o Tasso e as histórias para dormir em pé de Ariosto."

"Ousarei perguntar-lhe, senhor", disse Cândido, "se não sente um grande prazer em ler Horácio?" "Há máximas", disse Pococurante, "das quais um homem do mundo pode tirar proveito e que, estando encerradas em versos enérgicos, gravam-se mais facilmente na memória. Mas interesso-me muito pouco por sua viagem a Brindisi e sua descrição de um almoço ruim, e pela querela dos carregadores entre certo Pupilus, cujas palavras, disse ele, *estavam cheias de pus*, e um outro cujas palavras *eram vinagre*. Li com extremo desgosto seus versos grosseiros contra velhas e contra feiticeiras; e não vejo que mérito pode ter em dizer ao amigo Mecenas que, se for colocado por ele ao lado dos poetas líricos, ele tocará os astros com sua fronte sublime. Os tolos admiram tudo num autor estimado. Eu só leio para mim; só gosto do que serve para meu uso." Cândido, que havia sido educado para nunca julgar nada por si mesmo, estava bastante espantado com o que ouvia; e Martim achava a maneira de pensar de Pococurante bastante sensata.

"Oh! Eis um Cícero", disse Cândido; "esse grande homem penso que o senhor não se cansa de ler?" "Nunca o leio", respondeu o veneziano. "Que me importa que ele tenha defendido Rabirius ou Cluentius? Tenho processos suficientes para julgar; eu tiraria mais proveito de suas obras filosóficas; mas, quando vi que duvidava de tudo, concluí que eu sabia tanto quanto ele e que não precisava de ninguém para ser ignorante."

"Ah! Aqui estão oitenta volumes de coletâneas de uma academia de ciências", exclamou Martim; "pode ser que contenham algo de bom." "Eles conteriam", disse Pococurante, "se um só dos autores dessa desordem tivesse inventado ao menos a arte de fazer alfinetes; mas só há em todos esses livros vãos sistemas e nenhuma coisa útil."

"Quantas peças de teatro vejo aqui!", disse Cândido; "em italiano, em espanhol, em francês!" "Sim", disse o senador, "há três mil delas, e nem três dúzias são boas. Em relação a essas coletâneas de sermões, que todos juntos não valem uma página de Sêneca, e todos esses grossos volumes de teologia, o senhor adivinha que não os abro jamais, nem eu nem ninguém."

Martim viu prateleiras cheias de livros ingleses. "Creio", disse ele, "que um republicano deve gostar da maioria dessas obras, escritas tão livremente." "Sim", respondeu Pococurante, "é bom escrever o que se pensa; é o privilégio do homem. Em toda a nossa Itália, só se escreve o que não se pensa; aqueles que habitam a pátria dos Césares e dos Antoninos não ousam ter uma ideia sem a permissão de um jacobino.[1] Eu ficaria satisfeito com a liberdade que inspira os gênios ingleses se a paixão e o espírito de partido não corrompessem tudo o que essa preciosa liberdade tem de apreciável."

Cândido, avistando um Milton, perguntou-lhe se ele não considerava esse autor um grande homem. "Quem?", perguntou Pococurante, "esse bárbaro que fez um longo comentário do primeiro capítulo do Gênesis em dez livros de versos duros? Esse grosseiro imitador dos gregos, que desfigura a criação e que, enquanto Moisés representa o Ser eterno produzindo o mundo pela palavra, faz o Messias pegar um grande compasso de um armário no céu para traçar sua obra? Eu estimaria aquele que estragou o inferno e o diabo do Tasso; que disfarça Lúcifer ora de sapo, ora de pigmeu; que o faz repetir cem vezes os mesmos discursos, que o faz discutir sobre a teologia, que, imitando com seriedade a invenção cômica das armas de fogo de Ariosto, faz os diabos dispararem canhões ao céu? Nem eu nem ninguém na Itália conseguiu gostar de todas essas tristes extravagâncias. O *casamento do pecado com a morte* e as cobras que o pecado engendra fazem vomitar todo homem que tem o gosto um pouco delicado, e sua longa descrição de um hospital só é boa para um coveiro. Esse poema obscuro, bizarro e asqueroso foi desprezado ao nascer; trato-o hoje como ele foi tratado em sua pátria pelos contemporâneos. De resto, digo o que penso e muito pouco me importa que os outros pensem como eu." Cândido ficou aflito com essas palavras; ele respeitava Homero, gostava um pouco de Milton. "Ai de mim!", ele disse em voz baixa a Martim, "tenho medo de que este homem sinta um soberano desprezo por nossos poetas alemães." "Não haveria grande mal nisso", disse Martim. "Oh, que homem superior!", dizia ainda Cândido entre os dentes, "que grande gênio esse Pococurante! Nada pode lhe agradar!"

Depois de terem passado em revista todos os livros, eles desceram ao jardim. Cândido louvou todas as suas belezas. "Não conheço nada de tão mau gosto", disse o senhor, "só temos ninharias aqui; mas amanhã vou mandar plantar algo de contornos mais nobres."

---

1. Religioso dominicano.

Depois que os dois curiosos se despediram de Sua Excelência: "Ora essa", disse Cândido a Martim, "você há de admitir que este é o mais feliz de todos os homens, pois está acima de tudo o que possui". "O senhor não vê", disse Martim, "que ele está enojado de tudo o que possui? Platão disse, há muito tempo, que os melhores estômagos não são os que rejeitam todos os alimentos." "Mas", disse Cândido, "não há prazer em criticar tudo, em perceber defeitos onde os outros homens acreditam ver belezas?" "Quer dizer", retomou Martim, "que há prazer em não ter prazer?" "Está bem!", disse Cândido, "não haverá então homem mais feliz que eu, quando puder rever a senhorita Cunegundes." "Sempre é bom ter esperança", disse Martim.

Enquanto isso, os dias e as semanas passavam; Cacambo não voltava e Cândido estava tão afundado em sua dor que nem percebeu que Paquette e frei Giroflê não tinham sequer ido agradecer-lhe.

XXVI. De um jantar que Cândido e Martim fizeram com seis estrangeiros, e quem eram eles

Certa noite em que Cândido, seguido por Martim, ia colocar-se à mesa com os estrangeiros alojados no mesmo albergue, um homem de rosto cor de fuligem abordou-o por trás e, pegando-o pelo braço, disse: "Esteja pronto para partir conosco, não deixe de vir". Ele se virou e viu Cacambo. Somente a visão de Cunegundes poderia tê-lo espantado e agradado mais. Ele esteve a ponto de enlouquecer de alegria. Abraçou o querido amigo. "Cunegundes está aqui, não é? Onde ela está? Leve-me até ela, para que eu morra de alegria junto a ela." "Cunegundes não está aqui", disse Cacambo, "ela está em Constantinopla." "Ah, céus! Em Constantinopla! Mas mesmo que estivesse na China eu voaria até ela, partamos." "Partiremos após o jantar", retomou Cacambo, "não posso dizer-lhe mais que isso; tornei-me um escravo, meu senhor me aguarda; preciso servi-lo à mesa: não diga nada; jante e fique pronto."

Cândido, dividido entre a alegria e a dor, encantado de rever seu agente fiel, espantado de vê-lo escravizado, maravilhado com a ideia de reencontrar a amante, o coração agitado, a mente transtornada, colocou-se à mesa com Martim, que via com sangue-frio todas essas aventuras, e com seis estrangeiros que tinham ido passar o carnaval em Veneza.

Cacambo, que servia de beber a um desses seis estrangeiros, aproximou-se do ouvido de seu senhor, ao fim da refeição, e disse-lhe: "Sire, Vossa Majestade partirá quando quiser, o navio está pronto". Depois de dizer essas palavras, saiu. Os convivas, surpresos, entreolharam-se sem proferir uma única palavra, quando outro criado, aproximando-se de seu senhor, disse-lhe: "Sire, o veículo de Vossa Majestade está em Pádua e o barco está pronto." O senhor fez um sinal e o criado partiu. Todos os convivas entreolharam-se de novo, e a surpresa geral redobrou. Um terceiro pajem, aproximando-se também do terceiro estrangeiro, disse-lhe: "Sire, acredite, Vossa Majestade não deve ficar aqui por mais tempo: vou preparar tudo"; e logo desapareceu.

Cândido e Martim não tiveram dúvida, então, de que era uma farsa de carnaval. Um quarto criado disse ao quarto senhor: "Vossa Majestade partirá quando quiser", e saiu como os outros. O quinto pajem disse o mesmo ao quinto senhor. Mas o sexto criado falou outra coisa ao sexto estrangeiro, que estava ao lado de Cândido; ele disse: "Por Deus, sire, não querem mais fazer crédito a Vossa Majestade, e tampouco a mim; podemos ser encarcerados esta noite, o senhor e eu: vou cuidar de minhas coisas; adeus".

Com o sumiço de todos os criados, os seis estrangeiros, Cândido e Martim permaneceram em profundo silêncio. Por fim, Cândido o rompeu. "Senhores", disse ele, "eis uma singular brincadeira: por que todos vocês são reis? De minha parte, confesso que nem eu nem Martim o somos."

Então o senhor de Cacambo tomou a palavra e, grave, disse em italiano: "Não estou brincando, chamo-me Ahmed III.[1] Fui grande sultão por vários anos; destronei meu irmão; meu sobrinho me destronou; cortaram a cabeça de meus vizires; encerro minha vida no velho serralho; meu sobrinho, o grande sultão Mahmud, permite-me viajar às vezes por minha saúde, vim passar o carnaval em Veneza".

Um jovem que estava ao lado de Ahmed falou a seguir e disse: "Eu me chamo Ivan;[2] fui imperador de todas as Rússias; fui destronado no berço; meu pai e minha mãe foram presos; fui criado na prisão; às vezes obtenho permissão para viajar, acompanhado por aqueles que me guardam, e vim passar o carnaval em Veneza".

O terceiro disse: "Eu sou Carlos Eduardo,[3] rei da Inglaterra; meu pai cedeu-me seu direito ao reino; lutei para mantê-lo; arrancaram o coração de oitocentos de meus adeptos e bateram-lhes no rosto com ele. Fui colocado na prisão; vou a Roma fazer uma visita ao rei, meu pai, destronado como eu e meu avô; e vim passar o carnaval em Veneza".

---

1. Ahmed III foi sultão da Turquia entre 1703 e 1730; morreu em 1736, depois de ter abdicado do trono em favor do sobrinho Mahmud I.
2. Alusão a Ivan VI, czar da Rússia (1740-41), destronado em favor de Isabel da Rússia (czarina entre 1741 e 1762).
3. Carlos Eduardo Stuart foi um pretendente ao trono da Inglaterra que tentou, sem sucesso, restaurar a dinastia Stuart, em 1745, durante a guerra entre a França e a Inglaterra. Seu pai, James III, morreu em Roma em 1766.

O quarto tomou então a palavra e disse: "Sou rei dos polacos;[4] o acaso da guerra privou-me de meus Estados hereditários; meu pai viveu os mesmos reveses; conformo-me à Providência como o sultão Ahmed, o imperador Ivan e o rei Carlos Eduardo, que Deus lhe dê uma longa vida; e vim passar o carnaval em Veneza".

O quinto disse: "Eu também sou rei dos polacos;[5] perdi meu reino duas vezes; mas a Providência deu-me outro Estado, no qual fiz mais bem do que todos os reis dos sármatas juntos jamais puderam fazer às margens do Vístula; eu também me conformo à Providência e vim passar o carnaval em Veneza".

Restava ao sexto monarca tomar a palavra. "Senhores", ele disse, "não sou tão grande senhor quanto vocês; mas enfim, fui rei como qualquer outro. Sou Teodoro;[6] fui eleito rei na Córsega; chamaram-me de *Vossa Majestade* e, agora, mal me chamam de *senhor*. Cunhei moedas, agora não tenho um tostão; tive dois secretários de Estado, agora tenho apenas um criado; vi-me sobre um trono, depois estive por muito tempo em Londres na prisão, sobre a palha. Tenho bastante medo de ser tratado da mesma forma aqui, apesar de ter vindo, como Vossas Majestades, passar o carnaval em Veneza."

Os outros cinco reis escutaram essa fala com nobre compaixão. Cada um deles deu vinte cequins[7] ao rei Teodoro para trajes e camisas; e Cândido presenteou-o com um diamante de dois mil cequins. "Quem é", disseram os cinco reis, "esse simples particular que tem condições de dar cem vezes mais que cada um de nós, e que dá? O senhor também é rei?" "Não, senhores, e não tenho nenhuma vontade de ser."

No momento em que saíam da mesa, chegavam ao mesmo albergue quatro altezas sereníssimas que também haviam perdido seus Estados com os acasos da guerra e que vinham passar o resto do carnaval em Veneza. Mas Cândido não prestou atenção aos recém-chegados. Preocupava-se apenas em ir ao encontro de sua querida Cunegundes em Constantinopla.

---

4. Trata-se de Augusto III, rei da Polônia, expulso em 1756 por Frederico II.
5. O segundo rei dos poloneses é Stanislas Leczinski, eleito rei da Polônia em 1704 e destronado em 1709. Em 1738, recebeu o ducado da Lorena, onde recepcionou Voltaire em 1749.
6. Barão Teodoro, aventureiro que ajudou os corsos contra os genoveses, tendo sido proclamado rei da Córsega várias vezes. Morreu na prisão em 1756, por dívidas.
7. Moeda de ouro veneziana.

XXVII. Viagem de Cândido a Constantinopla

O fiel Cacambo já conseguira que o comandante turco que reconduziria o sultão Ahmed a Constantinopla recebesse Cândido e Martim a bordo. Um e outro dirigiram-se ao local depois de se prostrar diante de Sua miserável Alteza. Cândido, no caminho, disse a Martim: "Vimos, no entanto, seis reis destronados, com quem jantamos, e entre eles ainda havia um a quem dei esmola. Talvez haja vários outros príncipes mais desafortunados. De minha parte, só perdi cem carneiros, e voo para os braços de Cunegundes. Meu caro Martim, mais uma vez, Pangloss tinha razão: tudo está bem". "Desejo que sim", disse Martim. "Porém", disse Cândido, "tivemos uma aventura bem pouco verossímil em Veneza. Jamais se tinha visto nem ouvido falar de seis reis destronados jantando juntos numa taberna." "Não foi mais extraordinário", disse Martim, "do que a maioria das coisas que nos aconteceram. É muito comum os reis serem destronados; e em relação à honra que tivemos de jantar com eles, é uma ninharia que não merece nossa atenção. Que importa com quem jantamos, desde que a comida seja boa?"

Assim que embarcou, Cândido saltou ao pescoço do antigo criado, de seu amigo Cacambo. "Pois bem!", disse a ele, "O que faz Cunegundes? Ela continua um prodígio de beleza? Ainda me ama? Como se porta? Você sem dúvida comprou-lhe um palácio em Constantinopla?"

"Meu querido mestre", respondeu Cacambo, "Cunegundes lava vasilhas às margens do Propôntida, para um príncipe que tem pouquíssimas vasilhas; ela é escrava na casa de um antigo soberano chamado Ragotski,[1] a quem o Grande Turco dá três escudos por dia em seu exílio; mas o que é bem mais triste é que ela perdeu a beleza e tornou-se horrivelmente feia." "Ah! Bonita ou feia", disse Cândido, "sou um homem honesto e meu dever é amá-la sempre. Mas como

---

1. Personagem histórico, Ragotski (1676-1735), príncipe da Transilvânia, sublevou os húngaros contra o imperador da Áustria. Vencido, retirou-se para as margens do Propôntida, isto é, do mar de Mármara.

ela pode ter sido reduzida a uma condição tão abjeta com os cinco ou seis milhões que você levava?" "Bom", disse Cacambo, "não precisei dar dois milhões ao senhor dom Fernando de Ibarra y Figueroa y Mascareñas y Lampurdos y Souza, governador de Buenos Aires, para ter a permissão de recuperar a senhorita Cunegundes? E um pirata não nos despojou bravamente de todo o resto? Esse pirata não nos levou ao cabo Matapão, a Milos, a Nicária, a Samos, a Petra, a Dardanelos, a Mármara, a Scutari? Cunegundes e a velha servem na casa do príncipe de que lhe falei, e eu sou escravo do sultão destronado." "Quantas calamidades medonhas encadeadas umas às outras", disse Cândido. "Mas, no fim das contas, ainda tenho alguns diamantes; libertarei Cunegundes com facilidade. É uma pena ela ter se tornado tão feia."

Em seguida, voltando-se para Martim: "Quem o senhor pensa", perguntou ele, "que é mais infeliz: o imperador Ahmed, o imperador Ivan, o rei Carlos Eduardo, ou eu?". "Não sei", disse Martim; "eu precisaria estar no coração de vocês para saber." "Ah!", disse Cândido, "se Pangloss estivesse aqui, ele saberia e nos informaria." "Não sei", disse Martim, "com que balanças o seu Pangloss poderia pesar os infortúnios dos homens e avaliar suas dores. Tudo o que presumo é que existem milhões de homens na terra cem vezes mais infelizes do que o rei Carlos Eduardo, o imperador Ivan e o sultão Ahmed." "Bem pode ser", disse Cândido.

Em poucos dias chegaram ao canal do mar Negro. Cândido começou comprando Cacambo de volta por muito caro e, sem perder tempo, saltou em uma galé com os companheiros, para ir às margens do Propôntida buscar Cunegundes, por mais feia que ela pudesse estar.

Havia entre os galeotes dois condenados que remavam muito mal e a quem o chefe levantino[2] aplicava de tempos em tempos alguns golpes de vergalho nos ombros nus; Cândido, num movimento natural, fixou-os com mais atenção que aos outros galeotes e aproximou-se deles com piedade. Alguns traços dos rostos desfigurados pareceram-lhe

---

2. O comandante dos soldados das galés turcas, assim chamado porque em geral eram originários do Levante (Turquia, Síria, Egito e Ásia Menor).

ter certa semelhança com Pangloss e com aquele infeliz jesuíta, aquele barão, aquele irmão da senhorita Cunegundes. Essa ideia o comoveu e entristeceu. Ele os olhou ainda mais atentamente. "Na verdade", disse a Cacambo, "se eu não tivesse visto enforcarem o mestre Pangloss e se não tivesse tido a infelicidade de matar o barão, poderia jurar que são eles remando nesta galé."

Ao ouvirem o nome do barão e de Pangloss, os dois condenados soltaram um grande grito, estancaram em seu banco e deixaram cair os remos. O chefe levantino correu até eles, e os golpes de vergalho redobraram. "Pare, pare", exclamou Cândido, "darei ao senhor o dinheiro que quiser." "Como! É Cândido!", disse um dos condenados. "Como! É Cândido!", disse o outro. "Será um sonho?", disse Cândido. "Estarei acordado? Estarei nesta galé? Será este o senhor barão que matei? Será este o mestre Pangloss que vi enforcado?" "Somos nós mesmos, somos nós mesmos", eles responderam. "Como! Este é o grande filósofo?", perguntou Martim. "Ora! Senhor chefe levantino", disse Cândido, "quanto dinheiro quer pelo resgate do senhor de Thunder-ten-tronckh, um dos primeiros barões do Império, e do senhor Pangloss, o mais profundo metafísico da Alemanha?" "Cachorro cristão", respondeu o chefe levantino, "como esses dois cachorros cristãos condenados são barões e metafísicos, o que sem dúvida é uma grande dignidade no país deles, você me dará cinquenta mil cequins." "O senhor os terá, leve-me como um raio até Constantinopla e será pago imediatamente. Ora, não, leve-me até a senhorita Cunegundes." O chefe levantino, à primeira oferta de Cândido, já havia virado a proa para a cidade, e fazia com que remassem mais rápido que um pássaro cortando os ares.

Cândido abraçou cem vezes o barão e Pangloss. "E como não o matei, meu caro barão? E meu caro Pangloss, como está vivo depois de ter sido enforcado? E por que estão os dois nas galés na Turquia?" "É verdade que minha querida irmã está neste país?", perguntou o barão. "Sim", respondeu Cacambo. "Então revejo meu querido Cândido", exclamou Pangloss. Cândido apresentou-lhes Martim e Cacambo. Todos se abraçavam, falavam ao mesmo tempo. A galé voava, eles já estavam no porto. Fizeram vir um judeu, a quem Cândido vendeu por cinquenta mil cequins um diamante que valia cem mil, e que lhe jurou por Abraão que não podia dar-lhe mais. Ele pagou sem demora o resgate do barão e de Pangloss. Este atirou-se aos pés de seu libertador e banhou-os em lágrimas; o outro agradeceu-lhe com um sinal de cabeça e prometeu-lhe devolver o dinheiro à primeira ocasião. "Mas será mesmo possível que minha irmã esteja na Turquia?", perguntou ele. "Nada é mais possível", retomou Cacambo, "pois ela lava a louça na casa de um príncipe da Transilvânia." Logo mandaram chamar dois judeus; Cândido vendeu mais diamantes; e eles partiram todos em outra galé para libertar Cunegundes.

XXVIII. O que aconteceu a Cândido, Cunegundes, Pangloss, Martim etc.

"Perdão, mais uma vez", disse Cândido ao barão; "perdão, meu reverendo padre, por ter-lhe dado uma grande espadada que atravessou seu corpo."

"Não falemos mais nisso", disse o barão; "fui um pouco violento demais, confesso; mas já que o senhor quer saber por que acaso me viu nas galés, direi que, depois de ter sido curado de meu ferimento pelo irmão boticário do colégio, fui atacado e raptado por um grupo espanhol; puseram-me na prisão em Buenos Aires, no momento em que minha irmã acabava de partir. Pedi para voltar a Roma junto ao padre geral. Fui nomeado para servir de capelão em Constantinopla junto ao senhor embaixador da França. Não fazia nem oito dias que eu havia assumido minhas funções quando encontrei, ao anoitecer, um jovem icoglã[1] muito bem-apessoado. Estava muito quente: o jovem quis banhar-se; aproveitei a ocasião para banhar-me também. Eu não sabia que era crime capital para um cristão ser encontrado totalmente nu com um jovem muçulmano. Um cádi mandou dar-me cem bastonadas na planta dos pés e me condenou às galés. Não creio que tenham cometido injustiça mais horrível que essa. Mas eu gostaria de saber por que minha irmã está na cozinha de um soberano da Transilvânia refugiado entre os turcos."

"Mas e o senhor, meu caro Pangloss", disse Cândido, "como é possível que eu o esteja revendo?"

"É verdade", disse Pangloss, "que você me viu enforcado; eu deveria, normalmente, ter sido queimado; mas você se lembra que chovia com abundância quando foram me cozinhar: a tempestade foi tão violenta que desistiram de fazer um fogo; fui enforcado porque não puderam fazer melhor: um cirurgião comprou meu corpo, levou-me para sua casa e me dissecou. Primeiro, fez-me uma

---

1. Jovem servidor do serralho.

incisão crucial do umbigo à clavícula. Não se podia ter sido mais mal enforcado do que eu. O executor das altas obras da santa Inquisição, que era subdiácono, na verdade queimava as pessoas às maravilhas, mas não estava acostumado a enforcar: a corda estava molhada e não correu bem, mal formou um nó; enfim, eu ainda respirava: a incisão crucial me fez dar um grito tão grande que meu cirurgião caiu de costas e, acreditando dissecar o diabo, fugiu morrendo de medo e ainda caiu da escada ao fugir. Sua mulher acorreu ao barulho, de um gabinete vizinho; ela me viu sobre a mesa estendido com minha incisão crucial: teve ainda mais medo que o marido, fugiu e caiu em cima dele. Quando os dois voltaram um pouco a si, ouvi a cirurgiã dizendo ao cirurgião: 'Meu coração, por que se aventurou a dissecar um herético? Não sabe que o diabo está sempre no corpo dessa gente? Vou logo chamar um padre para exorcizá-lo'. Estremeci ao ouvir essas palavras e juntei o pouco de forças que me restava para gritar: 'Tenham piedade de mim!'. Por fim, o barbeiro português tomou coragem; costurou minha pele; sua própria mulher cuidou de mim; fiquei de pé ao cabo de quinze dias. O barbeiro conseguiu-me uma colocação e fez-me lacaio de um cavaleiro de Malta que ia a Veneza; mas, como meu senhor não tinha como me pagar, coloquei-me a serviço de um mercador veneziano e segui-o até Constantinopla.

"Um dia, senti vontade de entrar numa mesquita; havia apenas um velho imã e uma jovem devota muito bonita que dizia seus pais--nossos; seu peito estava todo descoberto: ela tinha entre as duas tetas um lindo buquê de tulipas, rosas, anêmonas, ranúnculos, jacintos e orelhas-de-urso; ela deixou cair seu buquê; apanhei-o e recoloquei no lugar com zelo e respeito. Levei tanto tempo para recolocar que o imã ficou furioso e, vendo que eu era cristão, gritou por ajuda. Levaram-me até o cádi, que mandou dar-me cem pranchadas na sola dos pés e enviou-me às galés. Fui acorrentado exatamente na mesma galé e no mesmo banco que o senhor barão. Havia, naquela galé, quatro jovens de Marselha, cinco padres napolitanos e dois monges de Corfu, que nos disseram que aventuras semelhantes aconteciam todos os dias. O senhor barão afirmava ter sofrido uma injustiça maior que a minha; eu afirmava que era muito mais permitido recolocar um buquê no peito de uma mulher do que estar todo nu com um icoglã. Discutíamos sem parar e recebíamos vinte vergalhadas por dia, quando o encadeamento dos fatos deste universo conduziu-os a nossa galé e vocês nos resgataram."

"Pois bem, meu caro Pangloss!", respondeu-lhe Cândido, "quando foi enforcado, dissecado, espancado e remava nas galés, o senhor continuou pensando que tudo ia da melhor maneira possível?"

"Sigo com minha primeira opinião", respondeu Pangloss, "pois afinal sou filósofo: não me convém desdizer-me, Leibniz não pode estar errado e a harmonia preestabelecida é, aliás, a mais bela coisa do mundo, assim como o pleno e a matéria sutil."

XXIX. Como Cândido reencontrou Cunegundes e a velha

Enquanto Cândido, o barão, Pangloss, Martim e Cacambo contavam suas aventuras, enquanto argumentavam sobre acontecimentos contingentes ou não contingentes deste universo, enquanto discutiam sobre os efeitos e as causas, sobre o mal moral e sobre o mal físico, sobre a liberdade e a necessidade, sobre o reconforto que se pode sentir quando se está nas galés na Turquia, eles atracaram nas margens do Propôntida, na casa do príncipe da Transilvânia. As primeiras coisas que viram foram Cunegundes e a velha, que estendiam toalhas em varais para secá-las.

    O barão empalideceu diante dessa visão. O terno amante Cândido, ao ver sua bela Cunegundes com a pele enegrecida, as pálpebras reviradas, os seios caídos, as faces enrugadas, os braços vermelhos e escamosos, recuou três passos tomado de horror e depois avançou por educação. Ela abraçou Cândido e o irmão; abraçaram a velha: Cândido resgatou as duas.

    Havia uma pequena chácara na vizinhança: a velha propôs a Cândido que se instalasse ali, até que todo o grupo tivesse um destino melhor. Cunegundes não sabia que estava feia, ninguém a havia avisado: ela lembrou Cândido de suas promessas com um tom tão absoluto que o bom Cândido não ousou recusar. Ele comunicou então ao barão que se casaria com sua irmã. "Nunca tolerarei", disse o barão, "tal baixeza da parte dela e tal insolência da sua; essa infâmia nunca me será criticada: os filhos de minha irmã não poderiam entrar nos capítulos[1] da Alemanha. Não, minha irmã nunca se casará com quem não for um barão do Império." Cunegundes atirou-se a seus pés e banhou-os em lágrimas; ele foi inflexível. "Grande louco", disse-lhe Cândido, "tirei-o das galés, paguei seu resgate, paguei o de sua irmã; ela lava vasilhas e

---

1. As assembleias religiosas.

está feia, tenho a bondade de tomá-la como mulher e você ainda pretende se opor! Eu o mataria de novo se considerasse minha cólera." "Você ainda pode me matar", disse o barão, "mas não casará com minha irmã enquanto eu estiver vivo."

XXX. Conclusão

Cândido, no fundo de seu coração, não tinha vontade nenhuma de casar com Cunegundes; mas a extrema impertinência do barão o determinava a realizar as bodas, e Cunegundes pressionava-o tão vivamente que ele não podia se desdizer. Ele consultou Pangloss, Martim e o fiel Cacambo. Pangloss fez um belo memorial no qual provava que o barão não tinha nenhum direito sobre a irmã e que ela podia, segundo todas as leis do Império, casar com Cândido com a mão esquerda.[1] Martim pronunciou-se sobre jogar o barão ao mar. Cacambo opinou que era preciso devolvê-lo ao chefe levantino e entregá-lo às galés; depois disso o enviariam a Roma, ao padre geral, pelo primeiro navio. A sugestão foi considerada muito boa; a velha aprovou; nada se disse à irmã; a coisa foi executada por algum dinheiro, teve-se o prazer de capturar um jesuíta e de punir o orgulho de um barão alemão.

Seria bastante natural imaginar que, depois de tantos desastres, Cândido, casado com a amada e vivendo com o filósofo Pangloss, o filósofo Martim, o prudente Cacambo e a velha, tendo além disso trazido tantos diamantes da pátria dos antigos incas, fosse levar a vida mais agradável do mundo; mas ele foi tão roubado pelos judeus que não lhe restou mais nada além da pequena chácara; sua mulher, tornando-se a cada dia mais feia, tornou-se rabugenta e insuportável; a velha estava doente e ficou com um humor ainda pior que o de Cunegundes. Cacambo, que trabalhava no jardim e vendia legumes em Constantinopla, estava sobrecarregado de trabalho e amaldiçoava seu destino. Pangloss desesperava-se por não brilhar em alguma universidade da Alemanha. Martim, por sua vez, estava firmemente convencido de que se estava igualmente mal em toda parte; ele considerava as coisas com paciência. Cândido, Martim e Pangloss às vezes discutiam sobre metafísica e moral.

---

1. Sem comunhão de títulos ou bens.

Viam-se muitas vezes passar sob as janelas da chácara barcos cheios de efêndis, paxás e cádis,[2] enviados para o exílio em Lemnos, Mitilene e Erzurum. Viam-se chegar outros cádis, outros paxás, outros efêndis, que tomavam o lugar dos expulsos e que eram expulsos por sua vez. Viam-se cabeças corretamente empalhadas que eram apresentadas à Sublime Porta.[3] Esses espetáculos redobravam as dissertações; quando não se discutia, o tédio era tão excessivo que a velha um dia ousou dizer-lhes: "Eu gostaria de saber o que é pior: ser violada cem vezes por piratas negros, ter uma nádega cortada, passar pelo açoite dos búlgaros, ser chicoteado e enforcado num auto de fé, ser dissecado, remar nas galés, padecer, enfim, todas as misérias pelas quais nós todos passamos, ou então ficar aqui sem fazer nada?". "É uma ótima pergunta", disse Cândido.

Essas palavras deram origem a novas reflexões e Martim, em especial, concluiu que o homem havia nascido para viver nas convulsões da inquietude ou na letargia do tédio. Cândido não concordou, mas não assegurou nada. Pangloss confessou que sempre sofrera terrivelmente; mas tendo afirmado uma vez que tudo ia às maravilhas, continuava afirmando a mesma coisa e não acreditava em nada.

Uma coisa acabou encorajando Martim em seus detestáveis princípios, fazendo Cândido hesitar mais do que nunca e embaraçando Pangloss. É que um dia eles viram chegar à chácara Paquette e o frei Giroflê, que estavam na mais extrema miséria; eles rapidamente haviam consumido as três mil piastras, tinham se separado, reconciliado, desentendido, tinham sido postos na prisão, tinham fugido e, por fim, frei Giroflê tornara-se turco. Paquette continuava seu ofício por toda parte e não ganhava mais nada com ele. "Eu bem previ", disse Martim a Cândido, "que seus presentes logo seriam dissipados e só os tornariam mais miseráveis. O senhor e Cacambo esbanjaram milhões de piastras e não são mais felizes do que frei Giroflê e Paquette." "Ai, ai!", disse Pangloss a Paquette, "então o céu a trouxe aqui entre nós, minha pobre criança! Você sabe que me custou a ponta do nariz, um olho e uma orelha? O que foi feito de

---

2. Dignitários e governantes da Turquia.
3. Nome da porta monumental do viziato de Constantinopla, sede do governo do sultão otomano.

você? Que mundo, este!" Esse novo imprevisto levou-os a filosofar mais que nunca.

Havia, na vizinhança, um dervixe muito famoso, que era tido como o melhor filósofo da Turquia; foram consultá-lo; Pangloss tomou a palavra e disse-lhe: "Mestre, viemos rogar que nos diga por que um animal tão estranho quanto o homem foi criado". "Por que vem meter o bedelho?", disse o dervixe, "isso lá é problema seu?" "Mas, meu reverendo padre", disse Cândido, "há tanto mal sobre a terra." "Que importa", disse o dervixe, "que haja mal ou bem? Quando Sua Alteza envia um navio ao Egito, ela se preocupa em saber se os ratos que estão no navio se sentem confortáveis ou não?" "O que devemos fazer, então?", perguntou Pangloss. "Calar", respondeu o dervixe. "Eu ficaria encantado", disse Pangloss, "de discutir um pouco com o senhor sobre os efeitos e as causas, sobre o melhor dos mundos possíveis, sobre a origem do mal, sobre a natureza da alma e sobre a harmonia preestabelecida." O dervixe, diante dessas palavras, bateu-lhes a porta na cara.

Durante essa conversa, espalhara-se a notícia de que tinham acabado de estrangular em Constantinopla dois vizires do banco e o mufti,[4] e que haviam empalado vários de seus amigos. Essa catástrofe causou grande alvoroço por toda parte por algumas horas. Pangloss, Cândido e Martim, de volta à pequena chácara, encontraram um bom ancião que se refrescava a sua porta à sombra de laranjeiras. Pangloss, que era tão curioso quanto argumentador, perguntou-lhe como se chamava o mufti que acabara de ser estrangulado. "Não sei", respondeu o bom sujeito, "e eu nunca soube o nome de nenhum mufti e de nenhum vizir. Ignoro absolutamente o incidente de que o senhor me fala; presumo que, em geral, aqueles que se metem nos assuntos públicos às vezes morrem miseravelmente, e que o mereçam; mas nunca me informo sobre o que fazem em Constantinopla; contento-me em enviar até lá os frutos do jardim que cultivo para vender." Tendo dito essas palavras, fez os estrangeiros entrarem em sua casa: suas duas filhas e seus dois filhos apresentaram-lhes vários

---

4. Os vizires do banco eram os ministros do conselho do Grande Senhor. Os muftis eram membros do clero muçulmano, intérpretes qualificados do Alcorão.

tipos de sorvetes que eles mesmos faziam, kaymak com raspas de cidra cristalizada, laranjas, limões, limas, abacaxis, tâmaras, pistaches, café de Moca que não estava misturado com o ruim café da Batávia e das ilhas. Depois disso, as duas filhas desse bom muçulmano perfumaram as barbas de Cândido, de Pangloss e de Martim.

"O senhor deve ter", disse Cândido ao turco, "uma ampla e magnífica terra!" "Tenho apenas vinte arpentos", respondeu o turco; "cultivo-os com meus filhos; o trabalho afasta três grandes males de nós: o tédio, o vício e a necessidade."

Cândido, ao voltar a sua chácara, fez profundas reflexões sobre as palavras do turco. Ele disse a Pangloss e a Martim: "Esse bom velho parece-me ter construído para si um destino bem preferível ao dos seis reis com quem tivemos a honra de jantar". "As grandezas", disse Pangloss, "são muito perigosas, segundo o relato de todos os filósofos: pois, afinal, Eglom, rei dos moabitas, foi assassinado por Aod; Absalão foi pendurado pelos cabelos e perfurado por três dardos; o rei Nadabe, filho de Jerobão, foi morto por Baasa; o rei Ela, por Zambri; Jorão, por Jeú; Atália, por Joiadá; os reis Joaquim, Jeconias, Zedequias foram escravos. Você sabe como pereceram Creso, Astíages, Dario, Dionísio de Siracusa, Pirro, Perseu, Aníbal, Jugurta, Ariovisto, César, Pompeu, Nero, Otão, Vitélio, Domiciano, Ricardo II da Inglaterra, Eduardo II, Henrique VI, Ricardo III, Maria Stuart, Carlos I, os três Henriques da França, o imperador Henrique IV? Você sabe..." "Também sei", disse Cândido, "que é preciso cultivar nosso jardim." "Você tem razão", disse Pangloss; "pois, quando o homem foi colocado no jardim do Éden, foi colocado *ut operaretur eum*, para que o trabalhasse, o que prova que o homem não nasceu para o descanso." "Trabalhemos sem tanta argumentação", disse Martim; "é o único meio de tornar a vida suportável."

Todo o pequeno grupo aceitou esse louvável desígnio; cada um pôs-se a exercer seus talentos. A pequena terra produziu muito. Cunegundes era, na verdade, muito feia; mas tornou-se uma excelente confeiteira; Paquette bordou; a velha cuidou da roupa. Até o frei Giroflê prestou serviço; ele foi um marceneiro muito bom e tornou-se mesmo um homem honesto; e Pangloss às vezes dizia a Cândido: "Todos os acontecimentos estão encadeados no melhor dos mundos possíveis; pois, afinal, se você não tivesse sido expulso de um belo castelo a grandes pontapés no traseiro por amor à senhorita Cunegundes, se não tivesse ido parar na Inquisição, se não tivesse percorrido a América a pé, se não tivesse dado uma boa espadada no barão, se não tivesse perdido todos os seus carneiros do bom país do Eldorado, você não estaria aqui, comendo cidras cristalizadas e pistaches". "Isso está muito bem dito", respondeu Cândido, "mas é preciso cultivar nosso jardim."

Este livro foi impresso pela Paym Gráfica e Editora
em fonte Adobe Jenson Pro sobre papel Chambril Avena+ 80g
para a Edipro na primavera de 2016.